LA MOISSON DU SOLEIL

L'hélio-odyssée d'Augustin Mouchot racontée par lui-même

Frédéric Caille

La moisson du Soleil

L'hélio-odyssée d'Augustin Mouchot racontée par lui-même

Roman-vrai

Illustration couverture : Frédéric Caille
Conception couverture, mise en page : Sandra Caille
Relecture : Sandra Caille, Claude Bonello

Édition : BoD · Books on Demand, 31 avenue Saint-Rémy,
57600 Forbach, bod@bod.fr
Impression : Libri Plureos GmbH, Friedensallee 273,
22763 Hamburg (Allemagne)

ISBN : 978-2-3225-5921-3
Dépôt légal : Juin 2025

Avis des éditeurs

Le texte qui suit a été reçu lors d'une expérience « senso-mémorielle » encore inexpliquée par la science moderne.

Par l'intermédiaire de séances de méditation profonde, l'auteur affirme avoir été capable de retranscrire fidèlement la parole de « l'enveloppe psychique éternelle » du pionnier de l'énergie solaire, né en 1825 et disparu en 1912.

Sans valider son origine incertaine, nous avons décidé d'éditer ce récit, dont le caractère vraisemblable a été admis par tous les historiens consultés. Augustin Mouchot est le premier scientifique et expérimentateur à avoir envisagé que l'humanité moderne, grâce au rayonnement solaire, se détourne des énergies fossiles.

Note de l'auteur

Je n'explique pas mieux que les responsables éditoriaux la nature du contact établi avec Augustin Mouchot. Je remercie les équipes des centres médicaux-légaux pour leur accueil lors des séances de restitution senso-mémorielle.

Merci à Claude Bonello d'avoir apporté toute son attention et sa grande rigueur héliotechnique à la relecture des propos d'Augustin. De nombreuses inexactitudes ont été évitées ! Merci également à lui d'avoir autorisé la reproduction du dessin technique de la fin du livre.

Je remercie enfin surtout ma compagne et mes enfants de m'avoir soutenu lorsque « la voix » intervenait. Je m'autorise à penser que l'ouvrage réflexif que je lui ai consacré il y a deux ans explique pourquoi Augustin Mouchot m'a choisi afin de partager son histoire. Puisse son exemple être inspirant pour l'avenir.

Tous les propos en italiques, à l'image de ce paragraphe, ont été cités par Augustin Mouchot et sont d'époque.

Ils ont été vérifiés par l'auteur dans des publications scientifiques, dans la presse et des fonds d'archives publics français.

Les lettres et les rapports écrits depuis l'Algérie sont pour certains publiés pour la première fois. On trouvera également les courriers inédits d'Abel Pifre pour surmonter les entraves à l'installation du grand moteur solaire de l'Exposition Universelle de 1878.

Ces sources, ainsi que la fin de l'existence d'Augustin Mouchot, sont évoquées et contextualisées dans la biographie historique : L'Invention de l'énergie solaire. La véritable histoire d'Augustin Mouchot, *Paris, Librinova, 2023. Des compléments, débats, analyses sont également présents sur le carnet de recherche* https://mouchot.hypothèses.org

« La force du soleil. Se mettre là en face du soleil. Là, le soir quand il n'est plus trop chaud. Et puis en manger, en manger tant qu'on peut, vite, vite, bien se remplir de soleil. Alors, la force on ne l'a pas dans les bras. On l'a dans la tête et on sait comment se fait la vie ».

Jean Giono, *Jozelet* (*Solitude de la pitié*, Paris, Folio Gallimard, 1932, p. 135).

I

On dit qu'il ne faut pas raconter soi-même son histoire. Et il est vrai que je me suis méfié, ma vie durant, par caractère et timidité, de la célébrité. Les feux de la vie mondaine n'ont jamais été pour moi. J'ai peut-être eu tort. Certains, j'y reviendrai, Abel Pifre, André Crova, en ont bien profité… D'autres, m'ont rabaissé et sali. Mais c'est surtout la compréhension de mon travail qui en a le plus souffert. Et je n'aurais pas été autant et si longtemps oublié, si j'avais fait plus tôt le récit dans lequel je m'engage aujourd'hui.

Je ne le fais pas pour moi d'ailleurs. Mais pour vous ! J'ai consacré ma vie à expérimenter et faire comprendre la force de l'énergie du soleil. Et elle est plus importante que jamais au moment où je vous parle. Voilà pourquoi, deux cent ans après ma naissance dans ma chère petite ville de Semur-en-Auxois, est venu le temps de forcer le silence où je me trouve.

Un proviseur, à Tours où j'étais professeur de mathématiques, m'avait résumé d'un mot dans l'une de ses lettres que les historiens ont retrouvé aux Archives du Ministère de l'Instruction Publique.

« Rapports affectueux avec les fonctionnaires de la maison et avec tous les collègues, ardent mais franc, seulement il est à craindre

que ses idées, dans la pratique de la vie, ne soient singulières ou presque excentriques ».

Je n'ai jamais eu de prétention ni ne me suis jamais considéré comme un génie. Mais les braves gens n'aiment pas que l'on suive une autre route qu'eux, ainsi que l'a chanté un poète longtemps après ma mort…Il est donc vrai que mes années de célibat, et puis surtout ma passion pour les utilisations possibles de la chaleur transportée dans les rayons du soleil, n'ont pas toujours facilité ma réputation dans la bonne société d'Alençon, mon premier poste, puis de Tours, où j'ai terminé ma carrière après un bref passage d'une année au lycée de Rennes. Mais avec Maurice de Taste et sa famille, mon collègue, ami et presque voisin, l'un des premiers grands météorologues de France, j'ai eu une belle compagnie durant ces années de Tours, qui ont précédé Paris, l'Algérie, et les grands résultats de 1878.

L'énergie solaire, qui m'a tant passionné, je l'ai découverte à Dijon, puis Autun, où j'étais maître d'école pour financer mes licences de physique et de mathématique.

Dans mon groupe, il y avait Gustave Noblemaire, qui réussira à entrer à l'Ecole Polytechnique et deviendra l'un des principaux constructeurs et spécialistes du chemin de fer en France. Il a fait une grande fortune et une carrière magnifique. Quels contrastes entre nous ! En 1909, soixante ans après nos années communes, et trente après notre dernière rencontre (il était passé voir le grand réflecteur solaire à l'Exposition Universelle), il s'est souvenu de moi, et il a mobilisé l'Académie des Sciences, et ses relations, lorsque la presse a révélé ma misère et la maladie de Pierrette. Je me fais l'effet d'un pauvre hère, lorsque j'y pense. Mais j'anticipe…

Restons pour l'instant aux jours heureux, où j'ai tant aimé découvrir ce que j'allais ensuite avoir pour mission de faire apprendre. Dans la licence de physique de cette époque, nous abordions en effet ce que l'on appelait « le calorique ». C'était un mot inventé par Antoine Laurent de Lavoisier, cinquante ou soixante ans plus tôt, alors qu'il étudiait les phénomènes liés à la chaleur. Le grand scientifique avait vu et recensé, avec ceux de son temps, un ensemble d'effets cohérents et convergents : les actions chimiques produisant de la chaleur, le transport par conductibilité et par rayonnement, la combustion, les changements de volume, la fusion, l'évaporation. Il avait alors supposé, faute de mieux, qu'une sorte de fluide, le fameux calorique, se répandait et se diffusait dans les interstices des molécules des corps et tous les petits recoins de la matière. C'est l'accumulation de calorique, expliquait-il, qui faisait monter la température et provoquait toutes les conséquences d'une exposition à la chaleur.

Je peux le dire aujourd'hui : j'ai toujours bien aimé ce mot. Et l'image du calorique du soleil, descendant vers nous comme des rivières d'or, m'a souvent accompagné. A chaque fois que je dirigeais une parabole vers le ciel, je pensais un peu à une soucoupe tendue vers la force et la substance nourricière... L'image n'est certes pas scientifiquement rigoureuse ! Mais il est vrai que tous les mouvements des corps vivants sur notre Terre découlent de la chaleur solaire... Et cela quand bien même les rayons solaires ne transportent pas la moindre particule de calorique...

Comme je l'ai souvent expliqué à mes élèves, il ne faut pas confondre les métaphores avec les lois de la nature. Mais la vie m'a appris, pour le meilleur et pour le pire, j'y reviendrai, la force de l'imaginaire et des représentations pour rendre certaines vérités visibles.

Ce sont d'ailleurs plusieurs savants importants de ma jeunesse, Dumas, Melloni, Tyndall, et Thompson-Lord Kelvin surtout, qui ont établi que chaleur et lumière sont dues à une seule et même cause. Et qu'elles ne sont chacune qu'un mode spécial de mouvement des invisibles composants de la matière.

Dans les cours de ces années de Dijon, c'est la « Chambre de Saussure » qui m'a le plus marqué. Une caisse fermée recouverte d'une vitre peut atteindre 150 degrés sous certaines latitudes, nous apprenait-on. Traversant le verre à l'aller, mais, au retour, légèrement modifiés dans leur longueur d'onde, les rayons solaires restent emprisonnés sous la vitre. Transportée au sommet du Mont-Blanc, où Horace-Benedict de Saussure s'est rendu depuis sa Genève natale, cette boite était devenue un héliothermomètre, un thermomètre à Soleil, qui vérifia que les rayons, du fait de la moins grande épaisseur d'air à traverser, produisaient plus de chaleur au sommet du toit de l'Europe qu'à ses pieds...

Les choses simples semblent peu une fois expliquées. Ce que j'ai compris sur les bancs froids de la faculté des sciences de Dijon, c'est que rien ne se transporte d'autre dans la chaleur et dans la lumière que le mouvement de tout ce qui nous compose. Il ne s'agit que de passer d'une forme de mouvement à une autre. Le mouvement du Soleil passe dans le mouvement animé de la vie. Puis il devient le mouvement inanimé de certaines matières qui, à leur tour décomposées, disloquées, sont de nouvelles sources de mouvement et de vie. Le sucre pour les êtres vivants et le charbon pour les choses matérielles sont ainsi deux carburants dont l'origine remonte au Soleil.

Et comme on nous l'a enseigné à Dijon, c'est Pouillet, en 1837, qui le premier a calculé, à Paris, le nombre exact de calories qui atteignent la Terre en fonction de la hauteur du Soleil sur l'horizon. Jusqu'à treize calories par minute et par mètre carré dans les circonstances les plus favorables disait-il, si ma mémoire fonctionne encore. Au moins quinze dans les régions équatoriales où l'air est le plus sec.

Pour moi, ce résultat a été le début de tout.

Lorsque je suis arrivé à Alençon, mon premier poste de professeur de mathématiques, j'avais 28 ans. J'habitais une petite rue et mon voisin, Jean-René, était un ouvrier ferblantier. Avec Louise-Anne, sa femme, et Georges, qui allait sur ses cinq ans, ils partageaient deux pièces, dont l'une était encombrée de vis, chandeliers, lessiveuses et bassines trouées, plaques de zinc et de cuivre.

Son père avait été gendarme et, de trois ans plus jeune que moi, nous nous sommes entendus comme des frères. Leur petit appartement, où je m'arrêtais souvent en rentrant du lycée, me rappelait l'atelier de papa, à Semur. Et c'est comme ça, dans le mélange de nos discussions du soir, qu'ont commencé les expériences à Soleil.

Au début, et je crois bien que c'était Louise-Anne qui y croyait le moins, c'est la cuisson qui nous a retenu. Sir John Herschel, comme je l'avais appris à Dijon et l'enseignais à mes élèves, avait cuit au cap de Bonne-Espérance, en Afrique du Sud, la même année que Pouillet à Paris, tout un repas solaire : une tarte aux fruits, des œufs, une étuvée de viande et de légumes. Pour réaliser ce prodige, on avait mis les aliments dans une boite noircie, couverte d'une vitre et placée sous un châssis de jardinier, le tout exposé au soleil. Une simple chambre de Saussure, en somme !

Nous nous sommes demandés ce que produirait cette expérience dans un autre pays. Qu'en serait-il sous nos latitudes, en France ? Ferions-nous une omelette, un poulet, un pain en août en Alençon ? Le ragoût aurait-il bon goût ? Nous étions jeunes, et nous avons ri beaucoup.

Dix ans plus tard, j'ai un peu brulé un bourguignon de bœuf dans les jardins de la préfecture de Tours, pour la première fois avec un grand réflecteur de plus de deux mètres de diamètre. Et à Paris, à l'Exposition, le 18 mai 1878, j'ai commencé à nouveau par ma petite cuisine de soleil devant le ministre de l'Instruction Publique. Je me souviens du ton des journaux.

« Par le soleil radieux qui brillait dans la journée, l'ébullition de l'eau a été obtenue rapidement et ce qui a surtout frappé les spectateurs c'est le peu de temps qu'il a fallu pour rôtir une pièce de bœuf, en vingt minutes le rôti était à point : ceux qui ont pu le goûter l'ont trouvé parfait ».

Le début de mon triomphe.

A Alençon, il y avait encore un peu de pari et de défi dans nos discussions. J'étais le licencié en physique et un « calculateur », comme disait Louise-Anne. Mais j'étais, moi aussi, fils et frère de serrurier-ferblantier. J'avais ainsi calculé que, sachant qu'une machine à vapeur de moyenne pression utilise deux kilos de charbon et 7500 calories pour produire la force d'un cheval par heure, il ne serait nécessaire, dans un pays bien ensoleillé, que de posséder un carré de trois mètres de coté de réception du soleil pour recueillir l'équivalent en chaleur tombée directement du ciel. Sur le papier, donc, la possibilité de faire marcher au soleil une machine à vapeur était moins réfutable encore que celle de cuisiner à Alençon sans combustion.

De défis en amusements, le début concret de mon travail a commencé ainsi, peu à peu, entre les moqueries de Louise-

Anne et l'intérêt, puis l'aide de plus en plus précieuse, de Jean-René. J'ai tout raconté dans mon livre d'ailleurs.

Le premier réflecteur n'était composé que de deux lames cylindriques de fer blanc soudées à angle-droit, l'une horizontale, l'autre verticale. En posant sur l'horizontale un petit saladier de fer, et en le recouvrant de trois cloches de verre concentriques, nous avons fait cuire notre premier Pain du Soleil, puis des pommes de terre et un morceau de viande. Nous nous amusions et étions heureux comme des enfants.

Ce fut ensuite un vase métallique noirci, placé au milieu d'un bocal en verre, lui-même positionné au foyer d'un réflecteur de fer blanc demi-cylindrique de cinquante centimètres de haut. On aurait dit une sorte de bouclier romain, ou gaulois, qui dirigeait la chaleur vers le vase dans lequel trois litres d'eau, sans mentir, se mettaient à bouillir, dans notre cour d'Alençon, en moins d'une heure et demie. Ainsi s'est ouverte la voie vers la distillation, puisqu'il suffisait de placer vin ou fruits dans le vase pour recueillir, par un couvercle en forme de turban et un serpentin refroidi par de l'eau, les vapeurs d'alcool. Puis nous nous sommes orientés vers la vapeur motrice, lorsque nous avons envoyé les effluves de notre vase bouillonnant vers une petite machine de démonstration de physique que nous avions au lycée.

J'ai quitté Alençon à la fin de l'année 1863 pour Rennes. J'avais 39 ans et un premier brevet solaire déposé à la préfecture de l'Orne trois ans plus tôt. Les rires, la douce camaraderie de ces belles années m'ont accompagné tout le reste de mon existence. Nous avions touché des merveilles en jouant presque comme des enfants : la cuisson solaire, la vapeur pour faire tourner des machines, l'air confiné dans une boule qui, en chauffant, se dilate et pousse de l'eau vers le haut. Une « héliopompe », une pompe à soleil, comme je l'ai appelée dans mon brevet.

Un an plus tard, un mois avant mon départ de Rennes, le 20 septembre 1864, je suis revenu fêter avec Louise-Anne et mon cher Jean-René le premier compte-rendu de l'Académie des

Sciences, sur le brevet. Un monsieur Babinet était venu l'année précédente jusqu'à notre petite cour. Il avait observé et, doctement, avait apprécié.

« Cet appareil pourrait être utilisé en grand dans les pays où le ciel est toujours pur et le soleil très-ardent, et notamment en Egypte ».

J'ai eu l'impression, en arrivant à Tours, d'avoir des poches pleines de promesses. Je me souviens de m'être dit aussi que j'avais peut-être assez de vie en reste pour les accomplir.

Et je me suis lancé sans perdre une seconde.

III

Il n'était pas nécessaire d'être un génie, je l'ai déjà dit, pour comprendre, dès 1865, que « c'est dans le soleil sans doute que réside le combustible de l'avenir ».

Louis Simonin, ancien élève de l'Ecole des Mines de Saint-Etienne, l'a écrit dans la prestigieuse et parisienne *Revue des Deux Mondes*, moins d'un an après mon arrivée à Tours.

> « *Les miroirs d'Archimède semblent destinés à montrer aux inventeurs futurs la voie dans laquelle ils devront chercher le nouveau combustible de l'industrie* ».

Neuf ans plus tard, en 1876, Louis Simonin est venu à Tours, voir mon premier vrai moteur à soleil dans les jardins de la préfecture et nous sommes devenus amis. Il était enthousiaste.

> « *Telle qu'elle est, la machine solaire de Tours, prête à passer dès à présent des spéculations de la théorie dans les applications de la pratique, n'est ni trop coûteuse, ni difficile à installer, ni délicate à manier* ».

Cela n'était pas tout à fait faux, mais quand même très gentil et un peu optimiste de l'écrire ! Et d'autant plus dans une revue aussi sérieuse et respectée.

Il est vrai que si la décennie d'Alençon a été pour moi celle des ouvertures et des explorations, celle de Tours va permettre de poser les vraies fondations et de voir les premières réussites.

Louis Simonin, en 1876, dans son second article, est allé jusqu'à imaginer le transport de « boules de chaleur solaire » chauffées par des installations semblables à mes appareils, des boules qui viendraient nous réchauffer par bateau, comme la glace qui déjà à mon époque partait des Etats-Unis vers les tropiques. C'était une idée assez loufoque. Il n'avait pas peur des sourires en coin et des moqueurs.

Je ne vais pas dire que nous avons été intimes, mais je pense que nous nous sommes bien appréciés. Et de toute façon, Louis Simonin reste devant l'Histoire un ingénieur-géologue célèbre, dont le livre sur le charbon a beaucoup servi à Emile Zola pour écrire son *Germinal*. Et il est également le premier, en France, à avoir prédit que la houille allait nécessairement s'épuiser un jour, et qu'il fallait sortir des mines et du sol, pour lever les yeux vers le ciel.

C'est son inspiration qui m'a regonflé. Au bout de ces mornes premiers mois de Tours, en le lisant dans ce premier article qui ne ressemblait à aucun autre, je me suis convaincu que « d'Archimède à Mouchot », si j'ose parler ainsi, enfin je veux dire, bien entendu, « de l'Antiquité à mon premier brevet », il s'était quand même probablement passé un peu plus de choses dans la compréhension des usages possibles de la chaleur solaire qu'un simple saut par-dessus le vide... Tous ces précurseurs dont on m'avait parlé à Dijon, et combien d'autres ! Héron d'Alexandrie cent ans avant notre ère, Salomon de Caus le Normand sous Louis XIII, Saussure le Suisse à l'époque des Lumières, ou, presque simultanément, Buffon, qui un peu avant la Révolution française avait le premier enflammé un morceau de bois à cent mètres avec des miroirs... Et Anthélieus de Thalles, l'architecte de Sainte Sophie d'Istanbul, celui qui avait émis l'hypothèse que les miroirs de l'aïeul Archimède n'étaient pas construits d'un seul morceau, mais composés d'une mosaïque d'une centaine de pièces de métal brillant reliées par de fines lanières de cuivre ou de chanvre, ou des perches de bois bien articulées... C'est cette hypothèse que Buffon, notre savant naturaliste français, avait justement reprise et validée par l'expérience.

Toute cette cohorte de pionniers et de chercheurs solaires, je l'avais pour beaucoup déjà croisée dans mes recherches d'Alençon, durant les hivers où nous ne rigolions pas avec Louise-Anne et Jean-René de notre pain trop cuit, ou d'une bouteille de verre qui éclatait soudain. Ce cortège de précurseurs méritait mieux que l'oubli. Il était la preuve que c'est bien de l'accumulation des expériences, de la compréhension des autres, de la précise et patiente poursuite, de l'acharnement, comme dans toute forme de connaissance, que naissent la découverte et le progrès.

La science du solaire ne dérogeait pas à cette règle. Elle existait sans le savoir, sans même avoir de nom. Mais elle était pourtant déjà née, et ce bien avant d'être vraiment en pleine lumière. Elle avait cheminé dans les pensées des géomètres, des architectes, de quêteurs de lumière et de chaleur des époques les plus lointaines. Elle avait amusé en faisant chanter des statues, elle avait étonné en mettant en route des fontaines, elle avait surpris en fondant le plomb ou l'étain en quelques instants, et en laissant ainsi rêver pendant des générations quelques visionnaires. Pour venir tout à fait au monde, il n'avait fallu en plus, à ces savoirs et ces techniques du soleil, que le besoin. Ou plus exactement, que la quête machinique et industrielle des temps modernes, ce dragon qui mangeait le combustible et dont nous, ses enfants, nous ne pourrions désormais plus jamais nous passer...

Comme Louis Simonin, j'avais acquis la conviction qu'avec mes bouteilles de vapeur, en plus grand et en plus nombreuses, mais avec aussi avec l'aide et le récit de toute cette cohorte valeureuse des pionniers du soleil, je pouvais faire comprendre à tous l'immensité des ressources pures et chaque jour nouvelles dont la nature nous avait comblés.

Il me restait du travail. Dès que je pus, désormais, tous mes samedis et mes jours de liberté, je travaillais à écrire l'histoire encore inconnue de ce qui pourrait bien être la véritable énergie du futur.

I V

Il est parfois étrange de constater combien dans une vie nous changeons, nous évoluons, nous nous transformons sans vraiment changer. Ainsi en a-t-il été pour moi d'une certaine manière à Tours.

Maurice de Tastes, dont j'ai déjà parlé, était le collègue de physique qui m'a le premier accueilli. Et aussi celui que j'ai, et de loin, le plus aimé et fréquenté. Affable et toujours de bonne humeur, il était apparu comme moi pour la première fois en 1864 dans les compte-rendus de l'Académie de sciences. Sa « théorie des courants atmosphériques à vitesse inégale », à laquelle il a travaillé toute sa vie, apportait un moyen d'explication et de compréhension fondamental des changements météorologiques. C'était aussi une passion qu'il a nourrie de la direction du premier service départemental de météo, et d'une belle activité à la grande société savante de la ville, la Société d'Agriculture, Sciences, Arts et Belles-Lettres d'Indre-et-Loire.

J'y suis entré, grâce à lui, en 1868. Il y avait du « beau linge », comme disait ma maman. On trouvait les marquis de Castellane et de Rochecotte, les comtes de Sennecourt et de St-Symphorien d'Avrillé, une farandole de médecins, vétérinaires, notaires, avocats, généraux, ecclésiastiques et commerçants, puis, comme Maurice et moi, quelques professeurs du secondaire et instituteurs. Tout le monde se passionnait de nuages ou de végétaux, de fossiles, de château de Chenonceau, de viticulture pratique, de monnaies anciennes, d'innovations agricoles et artisanales.

En mai 1869, j'ai remis au vice-président de l'association, le docteur Charles Brame, une note où je résumais deux résultats intéressants issus des essais de mon nouvel appareil solaire : il était possible de porter à ébullition durant le mois d'avril en trente-cinq minutes cinq litres d'eau, et de cuire par la vapeur solaire, en une heure, deux bons seaux de pommes de terre pour le bétail.

L'air de rien, les progrès de puissance et de rapidité de chauffe atteints depuis Alençon étaient considérables. Le bouclier gallo-romain avec lequel nous nous étions amusés, avec Louise-Anne et Jean-René pour nos premiers essais de cuisson solaire, était désormais remplacé par une sorte de corolle de fleur ronde, ou un abat-jour de lampe de chevet, ou encore un chapeau de Chine aux bords raides, pour le dire comme les journalistes décriront parfois la forme des réflecteurs solaires que je n'ai plus jamais abandonnés par la suite. En termes géométriques, c'est un miroir métallique à foyer linéaire, un tronc de cône à bords parallèles, au milieu duquel, sur l'axe, on vient placer un pistil de métal et de verre, comme dans une fleur. En fait une chaudière noircie et recouverte d'une enveloppe de verre blanc, ainsi que les premières bouteilles d'Alençon.

Vous pouvez tout faire avec cela ensuite.

En 1867, chez le fabricant de matériel scientifique Hempel, à Paris, j'ai vu de la sorte tourner mon premier moteur à vapeur solaire. Puis je n'ai cessé d'expérimenter ensuite à Tours, en détournant la vapeur vers le distillateur, puis le cuiseur de pommes de terre, puis en enfilant le pain et le rôti dans un petit four au sommet de la chaudière, en y plaçant une cafetière. Et en augmentant la taille du miroir.

Mes constructions amusaient Maurice, lui qui relevait si rigoureusement chaque matin et soir les températures du jour et de la nuit, l'état du ciel, la force et la direction du vent, le poids d'eau de l'atmosphère. A la sortie de mon livre, au retour de l'été 1869, il m'a écrit le tout premier compte-rendu dans la revue de la société savante de Tours. Et personne n'a mieux dit, je crois, ce mystère du rayonnement solaire, qui m'avait tant intéressé à Dijon, et que nous tentions, l'un et l'autre, parfois en vain, de faire découvrir aux élèves.

« La chaleur et la lumière ne sont que deux manifestations de la même cause affectant deux de nos sens, le tact et la vue. Elles sont produites par des mouvements vibratoires d'une rapidité prodigieuse qui affectent les particules de la matière ».

C'était une belle prose... Et j'aimais cette association des sens de l'être humain et de la rapidité physique, pour dire ce que sont les rayons du soleil. Il enchaînait ensuite avec l'idée que les vibrations les plus lentes produisent la sensation de chaleur, d'autres celles de la lumière, et d'autres plus rapides encore les effets chimiques que l'on utilise en photographie. Et que les rayons du soleil sont, en définitive, tout, et à l'origine de tout !

Sacré Maurice. Sa famille était du Sud-Ouest, et il avait étudié à Bordeaux avant de sortir dans les tout premiers de l'agrégation de physique. Angoulême, Périgueux puis Tours : il a refusé ensuite les postes à Paris, que sa renommée croissante lui attirait. Il aimait la ville blanche, il me l'a souvent dit, « où les nuages courent vite ». Et puis il aimait surtout Joséphine, qu'il a renoncé à transplanter avec leurs quatre enfants. « Pour aller chercher quoi ? », me disait-il. « J'ai ma météo, notre petite académie, et même un savant collègue qui défriche le Soleil ! ». Il était vraiment gentil. Quels bons moments aussi avec Marcel, son fils, qui allait sur ses quinze ans et qui adorait mes rôtissoires à soleil ! Avec les trois petites en sus, c'était un foyer d'affection à deux cent mètres de chez moi.

Je m'y suis réchauffé souvent durant ces dix années à Tours.

V

Nous flottons tous dans nos vies à la surface des grandes houles de l'Histoire. Avec mon père, François-Saturnin, nous ne parlions jamais politique. Nous en avions été guéris par le fameux printemps 1848. Pendant trois mois, l'atelier serré en bas des remparts, à vue du pont Pinard, avait bruissé des discussions et des espoirs dont s'enflammaient mes vingt ans. Les ouvriers, les voisins, ses amis, tout le monde avait des avis et de belles émotions. Et puis tout avait été douché.

L'énergie solaire, qu'elle le veuille ou non, flotte ou sombre elle-aussi, depuis mon époque, sur les vagues de la politique. Les gouvernements ne la comprennent ni ne la regardent qu'avec les lunettes de l'intérêt, hélas souvent à très court terme. Une pénurie d'énergie à l'horizon ? On lève les yeux vers le soleil. De nouvelles mines et des gisements prometteurs d'un nouveau combustible en abondance ? Les fours et les pompes solaires terminent aux déchets et aux greniers...

Ainsi, d'Alençon jusqu'à Alger, tout au long de mes expériences, j'ai eu l'occasion de vérifier qu'il ne faut jamais construire son travail sur des promesses politiques. Car « Il suffit d'un nuage pour masquer le Soleil », dit le dicton. Et rien n'est plus vrai pour le chercheur isolé dont les moyens dépendent de la bonne volonté des gouvernements.

Mes premiers vrais soutiens officiels ont commencé avant même mon arrivée à Tours. Ils sont arrivés par la rencontre, un peu fortuite, du général Jean-Baptiste Verchère de Reffye.

L'inspecteur Faye, qui était venu à Alençon pour la visite annuelle de tous les professeurs de lycée, avait eu l'occasion d'assister à l'une des mes premières démonstrations, au milieu de l'année 1862. C'était un homme affable, un astronome de qualité, et même le traducteur du fameux *Cosmos* du grand Humbold. Il sera directeur du bureau des longitudes et professeur à Polytechnique, et même président de l'Académie des sciences, dix ans plus tard. Je le reverrai plusieurs fois. Il est le premier grand savant à avoir encouragé mes recherches.

Faye était venu pour l'inspection, mais il racontera, en 1884, dans son livre à succès *Sur l'origine du monde*, que c'est à cette occasion que je vins l'inviter à voir ma première petite machine à soleil. La vérité est qu'il était pressé et ne resta que quelques minutes. Mais il me parla du directeur de l'atelier d'artillerie de l'armée, un ami. « - L'Empereur Napoléon III aime les pays du soleil ! Il était en Algérie il y a deux ans. Il parle d'un royaume arabe... Et nous menons depuis peu une guerre au Mexique !... » En d'autres termes, l'armée pouvait être intéressée par des machines de distillation ou de force motrice fonctionnant au soleil. De Reffye, son ami, m'aiderait.

On a écrit quelques années après ma mort, dans un bulletin de ma ville natale, que j'avais envisagé de m'inscrire à « la prestigieuse école militaire de Saint Cyr », mais que mon frère ayant, « par de mauvaises spéculations, compromis les biens de famille », j'avais dû y renoncer. Il est certes exact que Joseph, mon aîné, a connu bien des déboires dans sa tentative d'agrandir et d'étendre l'atelier de papa. Mais la spéculation n'y avait rien à voir ! Quant à une école militaire, je ne l'avais envisagé pour ma part que comme une formation technique, à l'instar d'ailleurs de De Reffye, qui était passé par Polytechnique, où il avait connu Faye, et qui possédait à son actif plusieurs brevets lorsque je l'ai rencontré. Et à vrai dire, ma vie d'adulte m'a épargné de ne jamais pleurer sur le mélange des hasards par lesquels, grâce à Dieu, je suis passé à côté des casernes, des bottes et des épaulettes...

De Reffye, donc, était plus ingénieur que militaire, malgré son titre de général. Il fut même, que les Bretons me pardonnent, la seule lueur de mon année de séjour à Rennes. A l'abandon de mes amis d'Alençon s'était en effet ajoutée la maladie de mon père, dont mon frère, justement, perdu de boissons, se révélait incapable de prendre soin. De Reffye, au début 1864, a fait une lettre au ministre pour aider à me rapprocher, et l'année suivante, j'ai eu Tours, une journée de transport de moins jusqu'à la Bourgogne.

A l'atelier de Meudon, qu'il dirigeait, posté au milieu des haras impériaux, je n'ai fait qu'un seul passage avant Tours. Je touchais ici, je l'ai vite compris, à autre chose qu'aux rôtis et aux bouteilles solaires d'Alençon. La direction de l'armement possédait des compétences et des moyens, même si les défis qu'elle se posait remontaient à l'âge des cavernes, et consistaient à envoyer, toujours plus loin et avec plus de précision, une pierre ou une pièce de métal sur la tête des ennemis étrangers, des révoltés, ou des voisins... Mes recherches solaires, autant le dire, malgré le souvenir connu de tous des grands miroirs d'Archimède mettant le feu à la flotte romaine, semblaient bien loin de cet objectif.

Mais De Reffye, comme Faye, pensa immédiatement à la cuisson sans bois et sans fumée, à la popote en plein désert, au pompage, à la distillation d'eau saumâtre ou putride sous un ciel de feu. Il voyait d'abord les campements et la vie des troupes améliorés, comme le colonel Flatters dix ans plus tard, j'y reviendrai. Par ailleurs, si l'on parvenait à faire tourner un axe avec l'appareil solaire et la vapeur, on y mettrait un moulin, un battoir, un broyeur, une presse, une toupie, une chaine de halage ou toute autre dérivation mécanique...

Il fut donc décidé de travailler tout de suite sur un moteur solaire puissant, et l'on me donna les jeunes officiers Victor Jacquot et Jules Mariette comme assistants. Nous n'avions pas trop d'années de différence et nous avons été bons copains. Et ils s'amusèrent assez, je crois, à tester le plaqué d'argent, à calculer la souplesse et la surface des plaques de métal à enfiler dans les bras du réflecteur, à perfectionner le mécanisme d'alignement et de pointage. C'était là une autre balistique que celle de la mort. C'était aller se brancher à une source bienfaisante.

En deux ans, grâce à leur aide, nous avons pu valider le passage définitif de mes premiers réflecteurs solaires vers les troncs de cônes. J'ai beaucoup appris de nos rencontres, sur le soucis de solidité, sur la facilité de démontage et d'entretien, sur l'efficacité et la précision. Le 2 septembre 1866, nous avons présenté pour la première fois à Napoléon III une première chaudière solaire assez efficiente, et en 1868 l'Association Scientifique de France m'a même versé de quoi en faire construire trois autres, plus grandes et plus performantes.

C'est la raison pour laquelle Victor Jacquot et Jules Mariette figurent, avec leur supérieur Jean-Baptiste Verchère de Reffye, dans les tout premiers remerciements de mon livre de 1869. Aux mordus de la République et aux pacifistes qui s'en sont ensuite étonnés, j'ai toujours répondu que le solaire leur doit beaucoup. Quoi qu'ils aient pu faire par la suite. Leur application, leur constance, leur accueil ont été des marchepieds vers une machine à vapeur solaire vraiment fonctionnelle.

Et puis quoi d'autre ? L'Empereur ? Je ne m'étendrai pas au-delà de la flagornerie d'usage que j'ai dû également insérer dans les remerciements du livre... Il était déjà souffrant, l'œil vidé de l'intérieur. Et je préfère ne pas revivre cette journée nuageuse de St Cloud de 1866 où je lui abandonnai la petite chaudière que nous avions finalisée, pour qu'il s'amuse avec durant ses vacances. Le Royaume Arabe et le Mexique, ses grands projets, étaient déjà repartis sur le continent des songes politiques. Et il allait bientôt lui-même y atterrir, avec son armée. Et puis bientôt tout son régime.

Les désastres de 1870 et 1871 ont avalé mes deux machines de l'atelier d'armement, avec leurs plans. Elles ont plongé, comme notre propre armée sommée d'attaquer notre capitale, en une destruction que nul n'a jamais pu m'expliquer ni me décrire.

Une fois l'Année Terrible achevée, la répression politique et la guerre civile entrées dans les mémoires, je n'ai jamais reparlé de ces essais et de ces deux machines. Mais comme tant d'autres, j'ai souffert. Le solaire, universel et pacifique par essence, n'est l'otage d'aucune clique ni d'aucun parti. Plus que jamais, et sans contradiction avec l'aide de De Reffye, de Jacquot et de Mariette, j'ai acquis en ces années de Meudon la conviction profonde que le soleil pouvait, et devait être, un vecteur de paix.

Et le 18 août 1871, suite à ces travaux, j'ai déposé devant la préfecture de la Seine mon second brevet : *Pour un système de générateur solaire.*

V I

Les deux premières phrases de l'avant-propos de mon livre sont peut-être celles qui expriment le mieux ce qui est devenu, en une petite décennie, le principe actif de toute mon existence.

> *« Cet ouvrage traite d'une nouvelle branche d'applications qui peut avoir la plus grande influence sur l'avenir de certaines contrées. Trouver un moyen pratique de recueillir et d'utiliser directement les rayons solaires au profit de l'agriculture et de l'industrie dans les régions les plus chaudes du globe : tel est le problème que l'auteur s'est efforcé de résoudre ».*

J'étais parti d'un défi et d'un amusement. Mais j'avais atteint, sans le vouloir, un univers de promesses dont chaque jour je découvrais l'étendue.

> *« Qu'on réfléchisse un instant aux avantages qui peuvent résulter pour l'Egypte, par exemple, d'une pareille innovation ! Les applications mécaniques de la chaleur solaire occasionneraient peut-être dans les pays chauds une révolution complète ! »*

Je rêvais tout haut. Mais avec rigueur, calculs et raison.

Et je ne m'étonnai pas, un an avant la sortie de mon ouvrage, lorsque la presse se fit l'écho des travaux du grand ingénieur John Ericsson, un Suédois arrivé jeune aux Etats-Unis d'Amérique, et qui y avait construit des moteurs, des locomotives, et le premier bateau cuirassier de l'histoire, vainqueur pour les Etats du Nord de la première bataille du genre durant la Guerre de Sécession. L'idée du solaire lui était venue à l'entrée de la vieillesse, et sur le matelas d'une grande fortune.

Je ne m'en étonnais point, et l'écrivis plus tard dans mon livre.

« Quand une application nouvelle est près d'éclore, il est bien rare que plusieurs personnes n'en aient pas l'idée presque en même temps. Et je suis fier de m'être rencontré sur ce point avec l'illustre ingénieur M. Ericsson ».

Cela était vrai. Une rencontre avait lieu, par-dessus l'océan, avec les machines-soleil de John Ericsson.

De plus, sa vision annonçait un bouleversement considérable, bien supérieur à celui que je n'avais moi-même osé dire. Il me semblait qu'il voyait l'avenir par delà les réalisations déjà existantes, et par delà toutes les fumées de nos horizons. Son ton était celui d'un prophète.

« Une grande portion de notre planète jouit d'un soleil perpétuel. Le champ d'application potentiel d'une machine solaire est presque incalculable, tandis que sa source d'énergie est sans limite. Qui peut prévoir l'influence qu'une puissance motrice inépuisable pourrait exercer sur l'humanité, et sur les aptitudes de la terre à répondre aux volontés de l'espèce humaine ? »

Qui peut dire en effet ce qu'il serait advenu si Ericsson avait été entendu ? Qui peut dire ce que le monde serait s'il avait été autre, aussi ? Car John Ericsson n'a cessé en effet de revendiquer régulièrement le privilège d'être le premier, et le seul au monde, à travailler sur le moteur solaire. Ce qui était, nous le savons, inexact. Comme l'écrira même, avec une exagération qui me déplaisait, le journaliste De Parville dans *Le Constitutionnel*, en novembre 1868.

« L'essai d'Ericsson n'a rien de neuf ; il est inutile d'aller en Amérique pour entendre parler des 'machines-soleil'. M. Mouchot a battu M. Ericsson de plusieurs longueurs transatlantiques ».

Je ne souhaitais pas entrer pour ma part dans ce type de compétition et d'exagération nationalistes. Mais le plus triste est qu'Ericsson, saisi de folie, a gardé pour lui le détail de l'avancée et des performances de ses machines solaires, des machines à air-chaud qu'il a construites dans le grand secret de son atelier jusqu'à sa mort, en 1889. Trois jours avant sa disparition, atteint de paranoïa, il a détruit et brûlé tous ses plans et modèles.

Que craignait John le Suédois ? A quoi donc allait pouvoir lui servir son solaire, alors qu'il allait lui-même vers le soleil ? Même où elle se trouve aujourd'hui, mon âme n'a jamais trouvé réponse à ces douloureuses questions.

VII

Il m'a fallu sept ans, à partir de la publication de mon livre, pour sortir de Tours. Sept ans durant lesquels je suis devenu un peu plus qu'un simple professeur de mathématiques et de physique, tout en restant bien moins qu'un véritable savant.

La croyance dans les possibilités d'usage de la chaleur du soleil a cheminé dans l'opinion du même pas que la silhouette de ma pauvre petite personne. Comme sur un cercle de vie, les applications de l'énergie solaire suscitèrent la simple curiosité, l'amusement, puis connurent la validation par les scientifiques et les personnes autorisées. Elles rencontrèrent même l'enthousiasme, chez quelques-uns. Les sept autres années qui suivirent la sortie de Tours, nous y viendrons, virent la célébrité, la critique acide, puis le retour à l'anecdote et à l'oubli.

Je pensais parler d'une solution de long terme. J'ai parfois l'impression de n'avoir été que l'image à la mode d'un moment.

Il faut reconnaître, pourtant, que le feu solaire ne fut pas tellement long à prendre. Mon livre n'était pas paru depuis six mois qu'Achille Cazin, un professeur de physique, auteur de la Librairie Hachette et conférencier aux soirées scientifiques de la Sorbonne, s'emparait du sujet. Il m'a, d'une certaine manière, véritablement lancé dans l'arène parisienne.

Je buvais du petit lait.

D'autant que l'ingénieux conférencier, qui était né dans la terre de soleil de Perpignan, reproduisait, en pleine nuit et en plein quartier latin, le miracle de la vapeur solaire. Sur le bureau de l'amphithéâtre où il donnait ses causeries du soir, il avait placé face à face deux miroirs concaves à surface argentée. Il allumait ensuite une lampe à gaz qui, placée au foyer du premier, fonctionnait telle un mini-soleil artificiel dont les rayons, recueillis par le second miroir, venaient faire fonctionner une petite chaudière construite selon mes plans. Cette chaudière était en fait un simple globe de cuivre placé sous une cloche de verre, empli d'éther, un liquide qui se vaporisait sous l'effet de la chaleur envoyée par le miroir. Arrivé en pression, l'éther s'échappait en un jet de gaz aussitôt enflammé par le conférencier pour le rendre visible de toute l'assistance. Cette force qui s'échappait du globe pourrait, relevait Achille Cazin, mettre en action quelque dispositif mécanique que ce soit, et actionner notamment un petit piston.

Il concluait alors.

La salle applaudissait.

Je n'ai jamais rencontré Achille Cazin, qui est mort un an avant l'Exposition Universelle de 1878. Mais je suis certain que c'était un homme qui aimait vraiment la thermodynamique, les « forces motrices », selon l'expression du moment, et qui faisait bien le travail. Pyrénéen d'origine, il a en 1875 investi tous ses gains d'éditions et de conférences dans les Alpes, pour aménager la promenade du torrent des gorges de la Diosaz, juste avant Chamonix. Il devait aimer le spectacle de la nature.

Sa conférence sera reprise intégralement dans *La revue des cours scientifiques de la France et de l'étranger*, et l'on en parlera aussi, peu après, dans une revue américaine, sous le titre *On Motive Power*. Il faut se motiver, c'est vrai ! Les Etats-Unis, ils le confirmeraient souvent par la suite, étaient une terre de pionniers du soleil.

> *« L'utilisation par MM. Mouchot et Ericsson de la chaleur solaire pour faire fonctionner une machine à vapeur est spécialement mentionnée comme digne de considération ».*

Nous étions en février 1870. Je venais de traverser l'Atlantique.

VIII

L'histoire des découvertes de l'énergie solaire m'a parfois fait l'impression d'un fleuve qui voudrait arriver à son terme. De minuscules cailloux roulaient depuis des siècles dans le grand courant de la fascination unanime des peuples pour l'astre de la lumière. Et puis, quelques décennies avant ma naissance, et de mon vivant même, des physiciens avaient porté plus loin la compréhension de la concentration des rayons du soleil et de ses usages. Ils étaient parmi les derniers cailloux d'un ensemble de cent précurseurs, exactement, que mon livre avait je l'ai dit recensés : Kircher, Kepler, Melloni François Villette, Becquerel, etc.

Je m'en souviens parce que j'avais compté. J'ai même pensé, un peu naïvement, que ce chiffre tout rond me porterait bonheur.

En avril 1870, les Ingénieurs Civils de France ont consacré une séance à mes travaux solaires. En techniciens solides deux membres de l'association passaient dix pages, et pas mal d'équations, à valider des rendements potentiels. Ils me reconnurent finalement un mérite pratique.

« Et s'il est vrai de dire que la progrès de la physique sur le rayonnement, et les travaux de De Saussure, Ducarla et Herschel sur les moyens de concentrer la chaleur ont aplani beaucoup de difficultés solaires, il n'en faut pas moins rendre à M. Mouchot, l'honneur d'avoir fait revivre la question d'obtenir du travail

mécanique à l'aide de la chaleur solaire et d'avoir, le premier, construit une machine à vapeur fonctionnant au simple foyer du soleil ».

Les choses avançaient.

Le 8 septembre 1872, au sortir de l'Année Terrible dans laquelle s'était déchirée la France, le Conseil Général d'Indre-et-Loire vota également un budget pour construire un four solaire alimenté par un générateur tronconique de 2,60 mètres de diamètre. Je les avais un peu ébahis, durant le mois d'août précédent, avec mes cuissons. Mais ils ne s'enflammèrent pas, et malgré un rapport favorable d'une commission spéciale, la discussion, fût-il rapporté dans le compte-rendu de la séance, resta très serrée.

Le plus critique était Daniel Wilson, le futur gendre du futur président de la République, dont la sœur était propriétaire du château de Chenonceau. Elle menait grande vie, avait refait toute la bâtisse, et elle lui montait la tête, disait-on. Ce Daniel était assez creux, et il allait d'ailleurs tomber quelques années après son mariage pour corruption et trafic de décorations, en entrainant dans sa chute le jurassien président du pays, Jules Grevy. Le père des deux enfants Wilson, un Anglais, avait fait fortune dans le gaz et le charbon. Il avait même possédé les forges du Creusot. Autant dire que ses rejetons fortunés n'aimaient guère l'énergie du soleil... On eut ainsi, textuellement, de savoureux échanges au Conseil Général d'Indre-et-Loire.

« - Cette subvention est inédite. Elle pourrait ouvrir la porte à tous les inventeurs !

- Les grandes découvertes à leur origine ont toujours été accueillies par l'incrédulité publique ! Ne nous montrons jamais dédaigneux des résultats légers en apparence que donnent les premiers essais...

- Il peut y avoir dans des essais informes le germe de découvertes utiles !

- Les hommes de la valeur de M. Mouchot sont très rares...

*- L'Académie des sciences a déjà attaché une grande importance à
ses expériences !* »

Inutile d'épiloguer, finalement une majorité de conseillers
généraux débouta Wilson le fossile et vota en ma faveur. Ce fut
ma première vraie subvention, et la réalisation du premier vrai
cuiseur-générateur de vapeur fonctionnel, qui étonna durant
quatre ans plus d'un visiteur tourangeau à la belle saison.

Louis Simonin, mon ami l'ingénieur des Mines et l'auteur
scientifique reconnu, surtout, fut enthousiaste. Il vint à Tours
en 1875 et tira de belles conclusions.

> *« Le soleil semble bien devoir être le combustible de demain ! La
> machine solaire de Tours est dès à présent prête à passer des
> spéculations de la théorie dans les applications de la pratique. Elle
> n'est ni trop coûteuse, ni difficile à installer, ni délicate à manier,
> et, à quelque point de vue que l'on se place, répond
> victorieusement à toutes les objections ».*

Son papier fut publié en mai 1876, toujours dans la grande
Revue des Deux Mondes. Les cailloux roulaient décidément, plus
vite que jamais auparavant, dans le grand fleuve du soleil…

Le 4 octobre 1875, pour la première fois, j'eus l'honneur de
m'exprimer devant l'Académie des Sciences. Comment l'oublier
! Le fils de serrurier parlait aux plus grands des savants du
pays ! Je m'étais amusé, quinze ans plus tôt, à faire cuire des
patates au soleil avec un ferblantier, et voilà que s'entrouvrait
un grand domaine de promesses.

> *« J'ai l'honneur de soumettre à l'Académie la suite de mes essais
> d'applications industrielles de la chaleur solaire, en vue des
> contrées qui comportent l'emploi de cette source naturelle de
> travail. Le récepteur ou générateur solaire, que j'étudie depuis
> quinze ans, se compose, actuellement comme au début, de trois
> pièces distinctes : un miroir métallique à foyer linéaire ; une
> chaudière noircie, dont l'axe coïncide avec ce foyer ; une enveloppe*

de verre, laissant arriver les rayons de soleil jusqu'à la chaudière, mais s'opposant à leur sortie dès que celle-ci les a transformés en rayons obscurs. J'ai pu m'assurer que le rapport de la chaleur utilisée à l'étendue de la surface d'insolation normale croît avec cette étendue, ou, en d'autres termes, que le rendement d'un grand générateur est meilleur que celui d'un petit ».

J'ai gardé le souvenir des têtes blanches, ébahies et amusées, des bâillements, des sourcils levés, des sourires aux coins des lèvres. La veste que je m'étais faite tailler pour l'occasion me grattait un peu au cou. J'ai dû bafouiller aussi, au début. Mais il n'y eut pas de sifflets, ni de moqueries. Au contraire, même, plusieurs journalistes scientifiques, tel Victor Meunier, applaudirent et rirent en chahutant à la fin de ma petite démonstration. Ils adoraient. Et ils allaient souvent me soutenir dans les années suivantes.

Meunier s'enflamma le lendemain.

« Vous auriez vu lundi à l'Académie, sur la table de la tribune, un grand tronc de cône métallique renversé, dont l'intérieur brillait comme un miroir. Ce miroir conique est un appareil de chauffage. Ni grille, ni prise d'air, ni tirage. Un abat-jour, rien d'autre. Où donc met-on le combustible ? On n'y met pas de combustible. Dans l'axe de ce tronc de cône Mouchot (j'en parle comme fera tout le monde quand il aura ses statues, ce dont il peut être bien sûr), Mouchot, dis-je, met une chaudière métallique ».

Je n'étais plus un perdreau de l'année. J'avais cinquante ans depuis cinq mois, pas tellement à gagner, et encore moins à perdre. Je me suis détendu, je m'en souviens. Les statues dont parlait Victor Meunier, je l'ai déjà dit, je n'y pensais pas. Et je m'en moquais dans les grandes largeurs. Je parlais, du moins me semblait-il, pour autre chose que moi-même.

Je terminai donc mon exposé d'une voix ferme.

« *Je crois inutile d'insister ici sur l'importance d'applications qui, pour n'être chez nous qu'un objet de curiosité, n'en intéressent pas moins l'avenir des contrées où le ciel reste longtemps pur et dont le soleil est la plus précieuse ressource. A en juger par les encouragements qui m'arrivent, même de points du globe très éloignés, cette importance est vivement sentie de tous ceux qui vivent sous un climat brûlant* ».

L'après-midi s'est achevée en serrements de mains, en vagues félicitations et promesses.

Mais en montant dans son fiacre, dans la petite cour devant le Palais de l'Institut, Hervé Faye, l'inspecteur et scientifique important membre de l'Académie que j'avais vu à Tours, je m'en souviens comme hier, s'est soudain retourné vers moi. « L'Algérie Mouchot ! L'Algérie ! C'est là que vous devez aller tester vos appareils ! Demandez une mission scientifique ! Nous vous soutiendrons ! »

IX

Mes petits cailloux du torrent de l'énergie solaire ont roulé, que dis-je, ont flotté, toujours plus vite, à compter de ce lundi du début de l'automne 1875. Quelque chose les emportait, et moi avec.

Dès avril 1876, je fus en effet de retour à Paris. A la Sorbonne, présidée par le ministre de l'Instruction Publique, se tenait la réunion annuelle des Sociétés Savantes. On était venu de toutes les provinces et c'était, à l'échelle nationale, le même mélange des personnes et des savoirs qu'en Indre-et-Loire. Le grand amphithéâtre bruissait des curieux de connaissance. On m'accorda l'une des dix médailles d'argent de la section de physique, non sans appuyer et encourager fortement, à nouveau, mes modestes incursions dans le solaire expérimental.

« Le moment viendra où les hommes manqueront de combustible. Les générations actuelles, ne se croyant pas exposées à souffrir de la pénurie, se consolent avec la pensée que nos descendants sauront recourir à de nouvelles sources de chaleur. Le professeur de physique du lycée de Tours, M. Mouchot, a déjà trouvé le moyen de satisfaire à certaines heures aux besoins habituels d'une maison, en n'employant aucun combustible. L'invention de M. Mouchot sera peut-être l'origine de quelque merveille de la science ; dans sa simplicité actuelle, on prévoit qu'elle sera d'un

grand secours pour les pays chauds où pendant de longs mois le ciel n'est presque jamais voilé ».

Les pays du soleil, l'Afrique, semblaient se lever à mon horizon. Et c'est la semaine suivante, tout juste, que Louis Simonin fit paraître son fameux article dans *La Revue des Deux Mondes*. Il était venu à Tours et il avait aimé et apprécié l'appareil, que l'on voyait dès l'arrivée dans la ville des vitres du chemin de fer, en approchant des jardins de la préfecture. Mais dans ce papier, outre un résumé précis et brillant de mes quinze années de recherches, il tonnait les trompettes du soleil comme nul autre pareil.

« Quoi qu'il en soit, c'est dans le soleil sans doute que réside le combustible de l'avenir. C'est donc vers cet astre que devront se tourner les futurs chercheurs, et il en naîtra bientôt par centaines, bien qu'on ne puisse dire encore dans quel sens précis les recherches devront être poursuivies. Dans un avenir que l'on peut dire assez proche, il n'y aura même pour tout pays d'autre combustible que le soleil, d'autres machines que celles qui seront mises en mouvement par la chaleur de cet astre ».

Le présent et l'avenir semblaient soudain courir d'un même galop. Un anglais, Stanley Jevons, avait calculé dès 1865 la fin du charbon britannique. « Vos machines sont chaque jour meilleures ! Mais vous en voudrez toujours plus ! », clamait-il. « Moins une machine consomme, plus elle se diffuse et se multiplie ! Chaque avancée technologique de consommation sur une unité est une augmentation énergétique considérable à l'échelle d'une nation ! »

De fait, pour Louis Simonin comme pour d'autres, dont Jevons, nous allions vers une fin des combustibles faciles. Nous marchions, tels des aveugles, à plus ou moins long terme, vers l'épuisement de ce « soleil en bouteille », de ces « chevaux du soleil », comme il les appelait, qu'étaient pour lui les boulets de charbon. Et c'était désormais à leurs crinières, grâce peut-être à moi, qu'il allait falloir nous accrocher...

L'inspecteur-académicien Faye, de son côté, n'avait pas menti ni promis en vain. Le 1er octobre 1876, je fus officiellement placé en congé de mon poste d'enseignant, avec traitement partiel, pour pouvoir me consacrer entièrement à mes recherches. Je comptais déjà mes 32 ans de services universitaires, et même un titre d'Officier de l'Instruction Publique, arrivé au début de la même année, avec les Palmes Académiques. Je me moquais bien des bijoux d'honneur et des préséances. Mais je prenais tout ce qui pourrait aider à mon objectif : médailles, titres, et même un nouveau petit tour de piste devant l'Académie des Sciences, le 3 octobre 1876, à un an presque jour pour jour du précédent.

René Vivien, un autre journaliste scientifique que j'allais voir à plusieurs reprises dans les années suivantes, était là. Il donna une description amusante, et à nouveau assez laudative.

« *La rentrée s'effectue avec une sage lenteur, on voit des figures hâlées et rajeunies : l'Académie des Sciences a retrouvé son printemps. Le fait important, capital oserons-nous dire, de la séance, a été la présentation de l'alambic solaire imaginé par M. Mouchot. C'est un appareil extrêmement simple et d'un maniement facile. Il se compose essentiellement d'une sorte d'abat-jour, dont la surface intérieure argentée renvoie les rayons lumineux sur un double manchon situé au foyer. Ce manchon est en rapport avec un serpentin ordinaire, dont l'extrémité livre passage aux produits de la distillation. Avec un réflecteur conique présentant 25 cm de rayon à l'ouverture, M. Mouchot est arrivé à distiller complètement l'alcool que contient un litre de vin. Au mois de janvier 1876, à 8 h du matin, malgré un vent très vif qui battait les cours couvertes de neige, l'auteur put en moins d'une demi-heure porter au point d'ébullition un litre d'eau.*

D'après ces résultats, il est permis de comprendre quel parti l'industrie de la distillation peut et doit tirer des recherches de M. Mouchot. La fabrication des parfums et des eaux distillées médicamenteuses pourra dorénavant se faire sur place et en plein air. Nous ne croyons pas céder à un mouvement de téméraire enthousiasme en écrivant ici même que la découverte du modeste professeur marquera dans l'histoire des grandes inventions ».

Les alcools du soleil, les parfums de Phébus, les huiles essentielles d'Apollon ! Cet alambic démonstrateur fut, avec les quelques rôtis solaires que je cuisinais au fil des années, l'une de mes plus populaires trouvailles. La distillation aux rayons du jour parlait à l'imagination : c'était en fait un jouet de physique pratique, qui amusait des Académiciens au retour de l'été et qui, en les amusant, faisait sourire la France entière…

Enfin, pas que, car Vivien me soutenait plus explicitement encore.

« Le ministre de l'Instruction Publique avait promis de donner à notre vaillant physicien une mission dans le midi de la France. La chose en valait la peine. La vie est courte et il importe fort, nous le croyons du moins, de tirer parti du temps et de la persévérance d'un homme qui a mis la main sur ce grand problème : remplacer le charbon qui coûte cher par le soleil qui gratuitement luit pour tout le monde ».

Le journaliste terminait en soulignant que nous avions perdu un an, et que réduit aux pauvres ressources d'un laboratoire de lycée j'avais dû me rabattre sur la distillation, une question facile et moins couteuse d'expérimentation que la vapeur solaire.

L'opinion publique est une déesse fantasque, qui aime les symboles et les images. André Vivien, Victor Meunier, Louis Simonin aussi à sa manière, sans complètement l'inventer, me taillaient un rôle et un costume. Je ne le surjouais qu'un peu. J'étais bien un professeur persévérant et modeste, un provincial, un physicien de lycée peu mondain, parfois gauche et emprunté. « Ne changez rien ! » m'avait glissé Victor Meunier lors de notre première rencontre…

Le 23 novembre 1876, je sollicitais auprès du ministère de l'Instruction Publique une mission scientifique en Algérie. Le 14 décembre, la commission vota à l'unanimité en faveur d'un séjour d'un an, avec un budget de trente mille de vos euros, et cinq mille de plus accordés par l'Académie des Sciences.

J'allais voir la Méditerranée, les pays du soleil, pour la première fois de mon existence.

X

Je suis arrivé en Algérie le 20 mars 1877. La traversée avait été belle, la baie d'Alger et sa couronne de maisons blanches s'ouvrait sous les rayons de l'aube. Il a fallu près de deux heures encore pour que je puisse mettre pied à terre.

Le gouverneur, auprès duquel j'avais été recommandé, avait fait envoyer un collègue du lycée, qui m'accueillit simplement et comme un camarade. Je me souviens que l'une de ses premières phrases fut de proposer un petit déjeuner au Café d'Apollon. « C'est bien le moins pour vous ! », ajouta-t-il. J'avais un peu l'impression d'être dans un livre d'images, d'entrer soudain, attendu comme un personnage important, dans un livre de contes.

Ce fut mon premier spectacle des rues d'Alger au matin. Les magasiniers, les livreurs, les boutiquiers ouvrant leurs échoppes, les femmes voilées de blanc, les grands personnages en ruban, les ouvriers en casquette, les quelques chapeaux pressés… le temps d'arriver au coin des avenues où se trouvait la terrasse du Café d'Apollon, le soleil inondait les rues et les places.

« Ce pays », me suis-je dit, « c'est âpre, c'est fort ! Et ce qui coule du ciel ! »

J'ai pensé à un midi d'août en Bourgogne. Mais un midi commencé à 9 h du matin et qui se déverserait sans vaciller ni faiblir jusqu'au soir, qui écraserait les murs et les toits de la ville, et qui ferait comme bouillir ou rôtir la poussière des routes. La puissance flamboyante, plus souvent que je ne l'avais imaginé, était cependant aussi parfois entravée de brumes, de mois d'orages, de jours blanchis de hauts voiles en route vers l'Europe… Mais elle était bien au rendez-vous !

Un correspondant de l'Académie des Sciences, ou l'un de ses amis, M. Bauer, avait proposé sa villa, une belle maison avec terrasse dans le joli vallon que certains surnommaient Climat de France. Je n'avais qu'à récupérer mes malles pour me mettre au travail.

Ma première lettre au ministère est partie le 28 avril 1877. Je l'avais griffonnée à la hâte, un peu de dépit à vrai dire. La météo, depuis mon arrivée, n'avait pas été de mon côté. Je ne l'ai plus trop refait ensuite, mais j'avais enrobé d'une sorte de poésie ma déception.

« M. de Salve m'a parfaitement accueilli, ainsi que M. le Gouverneur, mais le soleil n'est pas aussi gracieux. J'ai pourtant pu m'assurer, certains jours de sirocco, qu'il favorise l'Afrique de ses plus chauds sourires. Je venais le braver et, c'est vrai, je m'attendais à ses traits les plus acérés. Jugez de mon désappointement en le voyant se cacher derrière des orages, et des giboulées ! J'en suis à me demander si ce Phébus aux rayons d'or n'est pas l'hiver en perruque blonde.

J'ai déjà fait quelques essais de distillation. Mais je n'ai pas encore abordé le grand problème de l'eau de vie de figues. D'ici un mois j'espère pouvoir vous adresser, Monsieur, quelques résultats intéressants. Si du moins le dieu promenait son chat en France, mais j'ai peur qu'il n'en soit rien. Un de mes correspondants d'Aden, dans l'Arabie du Yémen, me dit que la pluie lui laisse à peine assez de lumière pour m'écrire. Est-ce donc au pôle que l'astre du jour a pris ses quartiers d'été ?

Veuillez croire, Monsieur, à mes sentiments respectueux et dévoués. Votre bien reconnaissant Augustin Mouchot ».

C'est vrai que l'on est impatient lorsque l'on est heureux, ou du moins lorsque l'on croit tenir son bonheur par la bride. Ce triste printemps inhabituel de 1877 me cueillait à froid, alors que j'avais pu disposer sur la grande terrasse de la villa tout mon attirail, que protégeaient de méchantes toiles de coton sale, récupérées auprès des marchands du port.

J'ai rongé mon frein presque trois mois. Puis j'ai pu obtenir, après réclamation, la moitié de mon budget, quelque chose comme quinze mille de vos euros, vers la fin du moins de juin. J'ai alors loué un mulet, deux ânes et leurs conducteurs.

L'Algérie de l'intérieur me tendait les bras. J'ai filé droit vers mes rêves de soleil.

X I

J'ai de la difficulté, aujourd'hui encore et là où je suis, à bien me remémorer cette première année en l'Algérie. Tout était si neuf, si inattendu, si présent à mon esprit et à mes sens qu'il me semblait me consumer dans le moment. J'ai vécu l'été, surtout, comme deux mois d'incandescence, suspendu entre sable et soleil, hors du temps. J'ai parcouru des milliers de kilomètres à dos d'âne, d'Est en Ouest, et jusqu'aux portes du Sahara, avant de regagner Alger au premiers jours de septembre.

Le 10 septembre 1877, j'ai envoyé un premier aperçu de mes résultats au responsable des missions scientifiques de l'Instruction Publique. Il m'avait beaucoup soutenu. J'étais dans une telle ébullition que j'envisageais déjà de prolonger mon séjour.

« Permettez moi de vous demander pardon de mon long silence. Depuis les premiers jours de juillet je parcours l'Algérie. C'était la période la plus favorable pour mes observations. J'ai commencé par explorer la Mitidja jusqu'à la plaine du Chélif que je vais bientôt étudier. Puis j'ai gagné Constantine à petites journées, en m'arrêtant à tous les points importants de la Kabylie. De Constantine je suis allé directement à Biskra, de ce point à Batna je suis revenu par la montagne.

J'ai mis huit jours pour explorer à dos de mulet le dernier contrefort que l'Aurès projette dans le désert et j'ai pu faire au sommet du Chélia d'excellentes observations, que j'ai contrôlées ensuite au sommet du Pic du Tougourt, près de Batna. Les altitudes des deux montagnes sont 2300 m et 2100 m. L'eau dans ces stations bouillait à 93°, et la chaleur du soleil était aussi belle que je l'espérais dans mes meilleurs rêves. Enfin regagnant Philippeville puis Alger par mer, je me suis assuré à bord de la Vannina que le mouvement du vaisseau ne nuit pas à la récolte de la chaleur solaire.

Je pars demain pour Lagouhat et m'arrêterai comme toujours aux stations importantes. J'espère avoir bien avancé mes observations fin courant septembre. Je reviendrai alors à Alger où j'espère obtenir du Gouvernement ainsi que du Conseil Général des fonds pour un appareil considérable qui sera bientôt construit et pourra figurer à l'Exposition d'Algérie au Trocadéro. Quand j'aurai complété mes informations, j'aurai l'honneur d'en adresser le rapport par votre intermédiaire au ministre. Je suis dans l'intention de demander à Monsieur le Ministre un second congé d'un an.

J'ignore si il est permis d'espérer de nouveaux frais pour la mission. Je crains que le séjour à Paris si j'y installe cet appareil ne soit dispendieux. Pensez-vous aussi, Monsieur, que je doive faire le voyage de Paris au mois d'octobre pour m'occuper de faire régler ma situation, ou ferais-je mieux de rester ici afin de poursuivre mes demandes au Conseil Général d'Alger et au Gouvernement ? Je me permets de recourir en cette circonstance à votre obligeance que je connais si bien et à votre habitude des affaires.

J'ai fait ce matin une expérience à la mairie d'Alger. Les essais ont été heureux et appréciés. Dans mes cours je tiens à montrer à tout le monde ce qu'on peut exiger du soleil, et les Arabes ne sont pas les derniers à manifester leur étonnement.

Veuillez agréer, Monsieur, l'assurance de mes sentiments, reconnaissants, respectueux et dévoués. Votre mille fois obligé. A. Mouchot ».

A peine six mois s'étaient déroulés depuis mon débarquement sur les terres algériennes, et tout était déjà si différent. Je récoltais des preuves, des validations, des encouragements à foison. Je faisais jaillir le feu du soleil dans des villages de poussière autant que sur les belles terrasses des places d'Alger et de Constantine.

Le 10 août 1877, je m'en souviens, est le jour où je suis monté au sommet de ce pic éloigné qu'est le Chellah, ou Chélia, avec le Cheikh Ouled-Amza, qui me conduisit personnellement au sommet de la montagne. Gaston Marquet, un journaliste d'Alger dont le père a été mon voisin à Paris, bien plus tard, l'a raconté après ma mort, en 1923.

« Vous voyez d'ici l'enthousiasme du bon professeur Bourguignon voyageant à dos de mulet, et portant son appareil en croupe ». Et il me citait : *« Je n'ai pas à décrire ici les splendeurs de cette route. Mouneck, Bassira, Thoud se succédaient pour moi comme autant de rêves, au milieu de sites majestueux, d'un caractère primitif, pages grandioses et trop peu connues de l'histoire de la Terre »*.

Reparti sur les routes dès la mi-septembre 1877, je ne retouchai Alger que le 6 novembre seulement. J'avais eu le temps de penser, au pas de mes ânes, et je jetai mes impressions à la diable pour un envoi immédiat vers Paris. Le but prochain était, dans quelques mois à peine, pour cette Exposition Universelle que notre France meurtrie par la guerre avait voulu organiser, et qui devait marquer un nouveau temps, une nouvelle ère, un recommencement.

Comment l'énergie solaire, si prometteuse pour les latitudes des Suds, je le constatais chaque jour, pourrait-elle demeurer à l'écart ? Comment ne pas être à cette Exposition, malgré le bref délai, malgré les moyens si contraints et si limités, malgré le défi technique de passer à une taille triplée de réflecteur ? Rien ne pouvait, rien ne devait se mettre en travers de mon chemin. Je transformai par la plume mon mulet et mes ânes en chevaux et je me lançais dans une demande officielle :

« Monsieur, aussitôt arrivé de ma longue et dernière excursion, je m'empresse de vous en rendre compte. Parti pour Lagouhat, je me suis arrêté à Médéa, à Boghar, à Bogahri, et à Djelfa pour y faire mes essais et populariser mes appareils. Après quelques jours d'expériences à Lagouhat où je désirais arriver pour l'équinoxe afin d'obtenir la moyenne de l'année, je me suis rendu à Geryville par le Djebel Amour, et j'ai pu de la sorte multiplier mes expériences à El Richa, Aaflou, Taouïala, Bou allam, Stitten. De Geryville j'ai gagné Saïda, toujours à dos de cheval, en m'arrêtant à Ben Atab où j'ai répété mes essais devant la Légion étrangère, à Sfirifa, à El Maï, à Tafraoua. Arrivé à Oran, j'ai dû garder la chambre huit jours pour avoir fait 19 journées de cheval. Là encore j'ai pu faire quelques expériences concluantes. Enfin me voici de retour à Alger, où je travaille le Conseil Général et ensuite le Conseil Supérieur.

Il me faut un appareil puissant et grandiose à l'Exposition et je l'aurai. Faute de vaisseaux, je brûle ma pauvre chaise en vous priant de bien vouloir faire renouveler mon congé. Votre bienveillance m'est trop connue pour que je n'espère pas le succès de ma demande au Ministre, laquelle accompagne cette lettre.

Je trouve, grâce à ma position officielle, beaucoup de sympathies ici, et j'espère que ma mission portera ses fruits. J'ai rencontré chez les Arabes eux-mêmes d'excellentes dispositions. Un grand thaleb disait à l'un de mes nouveaux amis 'ces expériences sont suivant le dogme de Mohammed, nos pères aimaient l'étude des miroirs ardents'. Ce qui frappe généralement les esprits c'est la simplicité des appareils. On n'ose me faire compliment de cette simplicité.

Je prépare mon rapport à Monsieur le Ministre. Veuillez agréer, Monsieur, l'assurance de mes sentiments les plus respectueux et les plus dévoués. A. Mouchot ».

Ce début novembre était un tournant. C'était là ou jamais. Et l'image de *« brûler ma chaise »*, ou de *« brûler mes vaisseaux »*, était plus qu'une métaphore. Dans la suite du mois, d'ailleurs, je n'eus aucune pause de rencontres, de démonstrations, de plaidoyers, en particulier auprès des élus et des notabilités du Conseil Général.

Vers le 20 novembre 1877, par une belle fin de matinée d'automne, comme sait en préserver la douceur algéroise, je cuisinais et je distillais avec mes appareils devant la mairie. Le succès dépassa mes attentes. Je revois encore l'œil s'allumer de la tripotée de moustachus, ventrus et rigolards qui m'entouraient. Pour une fois, ce soleil qui pesait si lourd au cœur de l'été, écrasant les villes et grillant les plantations, allait peut-être devenir un atout.

Enthousiastes, les membres du Conseil Général votèrent immédiatement et à l'unanimité une subvention de plus de 20.000 de vos euros pour la construction à Paris d'un grand réflecteur solaire de 24 mètres carrés d'insolation. Il serait à placer dans l'enceinte du pavillon de l'Algérie de l'Exposition Universelle, l'année suivante. Il annoncerait l'utilisation systématique et rationnelle de l'énergie rayonnante du ciel, inépuisable et gratuite, dans les terres sud-méditerranéennes.

J'envoyai au ministre le 8 décembre 1877 le plan du grand réflecteur que je voulais construire.

X I I

Je n'ai pas écrit, hélas, le journal exact des trois années de lumière qui ont commencé en 1877. Tant de choses s'y sont déroulées en si peu de temps ! Des joies à nulles autres pareilles me sont advenues ! Et puis des désappointements, des déceptions aussi...

Au début 1878, le 30 janvier, la Commission des Missions Scientifiques du Ministère de l'Instruction Publique a reconduit jusqu'au 1er octobre mon séjour et mes travaux, avec 20.000 de vos euros. C'était moitié moins que l'année précédente, mais avec l'aide équivalente obtenue du Conseil Général de l'Algérie, j'ai immédiatement pensé qu'il était possible de réussir. L'appareil que j'envisageais de construire devait mesurer un peu plus de cinq mètres de diamètre.

Oscar de Watteville, mon principal interlocuteur, directeur de la division Sciences et Lettres du Ministère de l'Instruction Publique, m'écrivit ses encouragements le 28 février.

« Je vous félicite Monsieur des efforts persistants que vous faites et je désire que les résultats de vos travaux soient de plus en plus heureux et profitables à la science ».

J'étais déjà, quant à moi, dans les préparatifs. Outre la conception du grand réflecteur, sur laquelle je travaillais sans relâche, il me fallait prévoir et finaliser une série de petits cuiseurs et distillateurs, qui devaient figurer dans la galerie de l'Exposition Universelle réservée aux missions scientifiques du Ministère de l'Instruction Publique. Je rédigeai pour cela plusieurs courriers à l'entreprise des associés Mignon et Rouart. A Jean-Baptiste Java-Mignon surtout, qui était un Gadzart, comme on disait, un ingénieur des Arts et Métiers d'Anger, abandonné à la naissance par sa mère à la famille Mignon. Elle ne lui avait laissé qu'un nom d'emprunt, Java, comme l'île lointaine du Pacifique où, peut-être, disait-on, elle était allée se perdre.

J'avais sympathisé un an plus tôt avec cet orphelin devenu un entrepreneur et un ingénieur hors du commun, lors de la présentation de quelques-uns de mes appareils à la Société d'Encouragement pour l'Industrie Nationale, en décembre 1876. Située en face de l'église Saint Germain des Prés, cette institution s'y trouve encore à l'heure où je vous parle. C'est une association d'entrepreneurs et d'investisseurs, établie sous le règne de Napoléon 1er pour le prestige de la France, afin de ne nous laisser distancer dans aucune des applications nouvelles des sciences et des techniques. Créée en 1801, première association française reconnue d'utilité publique, elle se présentait à mon époque comme une « académie des sciences industrielles », tout en constituant d'abord, en plein cœur de la capitale, une pépinière de chefs d'entreprises, de financiers et d'inventeurs d'acabits et d'envergures des plus disparates.

L'énergie solaire y avait, de mon point de vue, inutile de le souligner, tout à fait sa place. Et d'ailleurs, un an avant ma venue, un compte-rendu traitant de l'appareil de Tours avait été publié dans leur bulletin. Je m'aperçois, avec le recul, que j'ai sans doute eu tort de le prendre, selon l'expression si juste en l'occurrence, « pour argent comptant »… Mais il m'a semblé, à l'époque, du meilleur augure.

vapeur et élever des quantités d'eau importantes au moyen d'une pompe élévatoire. Il y a évidemment là une force considérable qui, jusqu'ici, est perdue et devrait être utilisée. L'appareil de M. Mouchot est renvoyé à l'examen du comité des arts économiques ».

La leçon du bref papier fut entendue. Et suite à ma démonstration de décembre 1876, Jean-Baptiste Java Mignon avait été conquis. Fondeur, mécanicien, inventeur avec ses associés de machines à gaz et pneumatiques, il avait également acheté le brevet de la machine de Ferdinand Carré, un appareil surprenant et révolutionnaire qui fabriquait de la glace par absorption de la chaleur avec de l'ammoniaque. C'était une révolution mondiale, et il en vendait à toutes les grandes brasseries, et même jusqu'aux Etats-Unis d'Amérique.

Il s'était approché de moi à la fin de cette soirée de décembre 1876. « Cher Monsieur Mouchot, votre invention ouvre la voie de la compression solaire. Avec de la pression et un moteur adapté, il est possible de tout faire ! Vous pourriez même mettre une machine solaire sur l'un de nos appareils Carré.. Et vous feriez ainsi de la glace avec du soleil ! ». Jean-Baptiste Java Mignon avait le sens de la réclame, et son idée, qu'allait reprendre avec enthousiasme mon futur collaborateur, tenait du défi et du pied de nez à l'univers ! Retourner le très chaud en très froid. Montrer comment il est possible, par la magie de la matière, de passer de l'un à l'autre, simplement, sans ne rien consommer d'autre que des rayons de soleil ! C'était fou. Mais c'était vrai.

Ma tête tourna un peu, ce soir-là, avec le verre que je tenais à la main. « Pensez-y Monsieur Mouchot ! Trouvez de l'argent, un budget ! Et nous vous le fabriquerons, votre moteur à glace solaire ! » Et puis il avait été happé par d'autres mains, d'autres têtes, et s'était éclipsé peu après. C'était la première fois qu'était évoqué ce projet qui allait tant marquer l'Exposition Universelle de Paris.

Au printemps 1878, un an plus tard, avec l'Association Française pour l'Avancement des Sciences, la Société d'Encouragement pour l'Industrie Nationale a donc donné un peu d'argent pour le grand réflecteur. Jean-Baptiste Java Mignon avait dû appuyer. Il m'avait aussi recommandé un jeune ingénieur, Abel Pifre, récemment diplômé de la toute nouvelle Ecole Centrale.

Ce jeune homme connaissait ma mission en Algérie par les journaux, les principes de mon travail, et il était enthousiaste sur l'idée de montrer un grand moteur solaire à l'Exposition Universelle. Abel était né près de Bordeaux et il se lançait. Il avait du temps, me dit-il, et il pourrait être mon délégué et mon représentant, avant mon arrivée depuis l'Algérie.

Je ne pouvais pas m'en douter, mais c'était beaucoup plus qu'un simple collaborateur d'occasion qui venait ainsi de rentrer dans ma vie.

XIII

Le printemps et l'été 1878 m'apparaissent aujourd'hui comme une longue course. L'Exposition Universelle devait ouvrir officiellement le 1ᵉʳ mai 1878, et je devais donc avoir une présentation de mes appareils en deux endroits de cette gigantesque foire mondiale.

Mes petits appareils, destinés à la distillation et à la cuisson, devaient se trouver dans la galerie du Ministère de l'Instruction Publique, avec des dessins explicatifs, à l'intérieur du grand bâtiment central. Ils seraient exposés avec les autres découvertes et trouvailles des Missions scientifiques, c'est-à-dire les objets des archéologues, les cartes des explorations au cœur de l'Afrique centrale, et même la gigantesque maquette du projet d'inondation du Sahara de l'officier Elie Roudaire, dont on parlait beaucoup.

Le grand récepteur solaire, lui, avec le plus puissant moteur solaire jamais construit au monde, serait dans la section spéciale de l'Algérie. Il y a aurait là une mosquée, des palmiers, et tous les visiteurs pourraient comprendre ainsi le potentiel des usages agricoles et industriels de l'énergie solaire au sud de nos latitudes.

Plus que jamais, il me semblait que quelque chose de plus grand que moi-même était en chemin. Cette Exposition Universelle allait être l'occasion de la révélation pour le monde entier du potentiel de travail pour l'humanité des rayons du soleil. Mes jeux de professeur de physique avec la chaleur solaire, commencés tant d'années auparavant à Alençon, m'avaient dépassé. Ils m'emportaient une fois encore comme un torrent dont je n'étais en rien le maître.

Je savais n'avoir rien inventé ! Je ne faisais que confirmer, qu'expérimenter, que chercher une voie pratique à des résultats et à des compréhensions nouvelles de la science... Qu'il existe ou non un fluide calorique, que la lumière du soleil soit onde ou corpuscule, je démontrais qu'il y avait à tout le moins passage, transmission, équivalence des forces entre la lumière, la chaleur et les actions mécaniques ! La lumière du soleil était par conséquent la source potentielle d'une force sans limite et inépuisable !

J'avais souvent le sentiment d'être très peu, et bien petit, devant ces grandes découvertes. Mais j'étais convaincu d'être dans le vrai. Et je me sentais tour à tour épuisé, enthousiaste, inquiet, tout en travaillant sans relâche.

Les semaines ont couru de la sorte, entre les courriers répétés sur les questions techniques avec la maison Mignon et Rouart, et la poursuite du travail de relations publiques et de recherche de moyens. Ainsi, le 12 mars 1878, quatre jours à peine avant de m'embarquer pour la France, je fus encore peu avant le déjeuner au cercle militaire d'Alger, pour une conférence-démonstration en grande pompe. J'en informai deux jours plus tard le directeur des Missions Scientifiques, Oscar Amédée De Watteville du Grabe, que j'avais trop négligé, et qui s'inquiétait de la taille de mes appareils, et des remerciements et mentions à insérer dans les affiches et cartels devant les présenter.

« Monsieur, en vous accusant réception de la lettre que vous m'avez fait l'honneur de m'adresser et de l'avis officiel de ma prolongation de congé, je m'empresse de vous informer que le grand récepteur solaire portera l'inscription que vous jugerez convenable et qu'il en sera de même avec tout ce que j'exposerai. Je vous remercie, Monsieur, d'avoir ainsi prévenu mes désirs, car je regarde à la fois comme un devoir et comme un honneur de placer

Paris 1878 me tendait les bras. Et une dizaine de jours plus tard, rompu par une mer qui avait semblé ne jamais vouloir me laisser partir, puis par les heures ferroviaires sans fin de ma remontée vers le nord, j'étais enfin à Vignes sur Guillon, dans la maisonnette de mon vieux père.

Il allait sur ses 90 et, depuis la mort de maman vingt ans plus tôt, s'en était retourné à sa campagne natale, laissant à mon frère l'atelier de Semur-en-Auxois. Une partie de la maison de ses parents lui faisait une chambre et une cuisine, serrées contre l'étable abandonnée qui s'ouvrait sur un petit jardin. Il s'en allait doucement vers la fin, et allait mourir en février suivant.

Le début du printemps semait à mon arrivée un vert tendre sur l'Yonne. Nous avons parlé un peu, le soir, de mes « *ferrailles à soleil* », comme il les appelait. Il avait penché ses vieux yeux vers mes dessins, et il me donna quelques conseils pour les rouages d'orientation du grand réflecteur.

« Je ne suis pas très bien certain de te croire », me disait-il souvent. « Et j'espère que tu sais où tu vas, avec tous ces gens de Paris. C'est un bon poste que tu as là, à Tours ». L'Algérie lui semblait loin, hostile. Il apprécia surtout de voir bouillir l'eau dans le tout petit cuiseur que j'avais emporté dans mes bagages, et que j'installai un midi dans la poussière de la cour. « C'est vrai que cela marche, ton instrument ! Et ma foi, si en plus ça distille, ils devraient bien t'en remercier, tes Bédouins ! Parce que nous, tu le sais, c'est à nos nuages qu'on s'accroche... » Nous eûmes ainsi nos derniers bons moments ensemble.

Je repris la plume une semaine après mon arrivée, le 23 mars 1878.

> *« Monsieur, j'arrive chez mon père un peu fatigué d'une rude traversée, et, je m'empresse d'adresser à Monsieur le Ministre l'accusé de réception de sa lettre qui s'était égarée à Alger. J'espère avoir l'honneur d'aller vous présenter bientôt mes devoirs.*
>
> *Je m'occupe d'un second rapport ayant pour objet la description du grand récepteur de l'Exposition. Le mécanisme que j'avais proposé a été presque entièrement changé parce qu'il fallait ramener les mouvements de l'appareil à une manœuvre effectuée au pied même du miroir. Grâce au concours efficace d'un jeune ingénieur qui m'est dévoué, M. Abel Pifre, toutes les difficultés disparaissent une à une.*
>
> *J'aurai l'honneur de vous mettre au courant de vive voix. Du fond de l'Amérique, il y aura des voyageurs pour assister à mes essais. Je ferai tous mes efforts pour me tenir à la hauteur de l'intérêt que vous m'avez témoigné. Je prépare en ce moment les appareils les plus propres à représenter à l'exposition du ministère la cause des applications de la chaleur solaire. De grands dessins y figureront ceux qui seront en exposition dans la section d'Algérie.*
>
> *Veuillez croire, Monsieur, à mes sentiments de gratitude et de respect. Votre tout dévoué, Augustin Mouchot. »*

Je me fendis d'un mot plus bref au Ministre. La construction de l'appareil avançait, j'avais l'aide d'un jeune ingénieur, j'étais son humble et dévoué serviteur : il n'y avait rien de plus à lui dire.

Ces courriers demandaient du soin d'écriture. Je me revois sur la vieille table de la maisonnette de Vignes expédiant la corvée, mon vieux père déjà à la préparation de la soupe. Il se moquait un peu, gentiment. « Ma foi, il faut le payer de pas mal de ronds de jambes, ton solaire ! Cela doit être notre climat ! »…

Il avait raison. Mais au final, cela était peu que ces flagorneries. Cela n'était rien, même, si nous réussissions…

Au bout d'une semaine, reposé, j'étais plus que jamais impatient de voir l'avancée du grand réflecteur solaire, et de rencontrer le jeune ingénieur Pifre.

XIV

Nous n'avons pas eu beaucoup de temps pour nous
connaître, avec Abel. Et peut-être est-ce un peu la raison pour
laquelle nous ne nous sommes pas toujours, au final, si bien
compris.

Même à la distance où je me trouve aujourd'hui de ces
moments et de cette rencontre, il m'est d'ailleurs difficile de ne
pas les mêler de trop de passion. Une forme de colère m'habite
encore. Ce n'est pas vraiment une colère contre la personne
d'Abel, contre ses ambitions, contre son sens de l'argent et des
affaires, qui étaient pourtant si éloignés de moi. C'est plutôt une
colère contre le destin, contre les circonstances.

Au début d'avril 1878, lorsque je suis arrivé à Paris, il faut
dire que j'ai eu le sentiment de débarquer dans un immense
chantier. Les rues, les bords de la Seine, le grand espace
enjambant le fleuve au niveau du Trocadéro paraissaient agités
de l'effervescence d'activité d'une fourmilière. On avait fait en
pleine ville un aquarium géant et un vaste palais de plus de 200
mètres de façade, un palais flanqué de deux grandes ailes de
100 mètres dans l'une desquelles se trouveraient exposées les
trouvailles des missions scientifiques. A quoi s'ajoutaient une
succession de carrés-terrasses et de serres ordonnés par thèmes,
par classes d'appareils, par pays.

Celui de l'Algérie touchait au coin la Porte d'Iéna, qui
s'ouvrait sur l'avenue du même nom, allongée comme une
grande artère jusqu'au cœur de la Place de l'Etoile. « Le visiteur

va arriver de l'Arc de Triomphe, et voir tout de suite mon réflecteur », me suis-je dit à la première visite.

Nous étions, je m'en souviens parfaitement, au tout début d'une belle matinée, et la poussière soulevée par les chariots circulant dans la grande enceinte des exposants fumait dans les rayons d'or. Un petit jeune homme vif et brun se tenait devant la porte d'Iéna et plaisantait avec le planton. Abel avait 26 ans, son diplôme de l'Ecole Centrale des Arts et Manufactures en poche depuis deux ans, et il croyait, comme moi, que nous allions toucher le soleil.

Il m'accueillit de plusieurs formules qu'il emploierait souvent dans les années à venir. « Cher Monsieur Mouchot, vous ouvrez la voie de la source de richesse la plus neuve et la plus incontestable de notre temps ! J'ai déjà échangé avec nombre de camarades, et mes maîtres et professeurs ! Si le grand récepteur fonctionne, comme nous l'espérons, il sera impossible de fixer des limites aux services que les appareils solaires vont rendre dans les pays privés de combustibles ! L'ardeur du jour pourra fournir la force motrice ! En sus de cuire et de distiller ! C'est toute une jeune et nouvelle industrie que nous allons faire découvrir au monde, grâce à vos recherches ! »

Le jeune homme semblait marcher sur une plaque de fer brûlante. En moins d'une heure, il m'a débité une tonne d'informations comme un pistolet à mitraille : les retards de Mignon et Rouard, les adaptations de la grande machine, les finitions des petites, le travail des graphistes et les grands cadres pour suspendre les dessins, l'organisation des galeries de l'Instruction Publique, les conférences à prévoir et, bien entendu, l'inauguration avec le Ministre et De Wateville, qui se déroulerait d'ici un mois à peine.

Hélas, un seul nuage, et quel nuage !... obscurcissait tout le reste. Les organisateurs du pavillon de l'Algérie nous avaient mal casés ! Ils avaient privilégié la mosquée, les palmiers, un beau bassin fontaine à l'orientale, pour finir par totalement oublier l'espace de domestication de la chaleur solaire qui nous était nécessaire… Le grand réflecteur, auquel il fallait au moins vingt mètres carrés de liberté de mouvement, et surtout l'absence de tout ombrage ou obstacle au ciel, était sans logement. On nous rejetait, depuis près d'un mois, d'un bout à l'autre des esplanades, d'un côté à l'autre de la Seine, de bas en haut des jardins, des allées, à nous serrer contre des façades ou des grilles de sécurité.

Je n'en dormis pas ce soir là. Ni presque durant toute la semaine suivante. Abel faisait le siège des bureaux, lançait courriers sur courriers, rencontrait les maîtres d'œuvre, les chefs et les sous-chefs, se démenait comme un beau diable. Je ne voyais de mon côté que le grand récepteur et le défi de réussir, sous nos latitudes, à mettre en branle un moteur à vapeur dont les opérations puissent marquer les imaginations. Les problèmes concrets de l'héliodynamique et des insolateurs, comme commençait à les appeler Abel, me rassuraient et m'empêchaient de sombrer dans le flot des inquiétudes.

Je lui déléguais immédiatement tout le social de l'organisation, toute ma représentation, toutes mes signatures. Je ne gardais pour moi que les plans et le suivi des travaux de Mignon et Rouard.

Le 13 avril 1878, après deux jours de complètes inquiétudes et plusieurs visites à deux sur le site, Abel écrivit, en signant pour la première fois « L'ingénieur représentant M. Mouchot », une longue lettre au Sénateur Sébastien Krantz, le chef suprême, le Commissaire Général de l'Exposition.

Kranz était un polytechnicien, inventeur d'un barrage mobile, spécialiste de la navigation, dont le neveu, Camille, polytechnicien lui-aussi, était le chef de cabinet. Les deux connaissaient la technique et il nous semblait déjà, par nos instances, nous être gagné Camille. Son oncle aussi, nous l'espérions, nous comprendrait.

« Monsieur le Sénateur Commissaire Général, J'ai l'honneur de vous faire savoir que M. Mouchot accepte l'emplacement que M. Camille Krantz a bien voulu lui désigner hier comme étant libre

Nous avions joint à la lettre un plan du site et un croquis de l'emplacement demandé, 10,80 mètres par 9, une misère. Nous allions surplomber l'aquarium. Nous pensions être tirés d'affaire. Un jour passa et le lendemain, le directeur des travaux répondit.

Les toilettes nous chassaient encore un peu, de quelques mètres, sur la pente. Il faudrait désormais une plateforme pour soutenir le poids et l'horizontalité du réflecteur. Les fonctions vitales des visiteurs ajoutaient une nouvelle embûche à la consécration de l'énergie naturelle du soleil.

Je me sentais un peu comme ces peintres du petit salon officieux qui, quatre ans plus tôt, s'étaient réunis autour de Claude Monnet. Avec son tableau Soleil Levant, il avait lui aussi bousculé l'ordre établi, les habitudes... J'aimais bien son attention à la nature, cette nouvelle manière de peindre.

Abel répondit une nouvelle fois, longuement, dès le lendemain.

accordée, mais à une telle place que je ne pus l'accepter, les ombres des arbres alentour s'y projetant d'une façon qui aurait absolument nui au fonctionnement d'un appareil qui, résolvant le grand problème de l'utilisation de la chaleur solaire, a besoin de recevoir sans obstacle les rayons de cet astre.

Je cherchai alors de concert avec le Commissariat à l'Algérie à résoudre la difficulté, mais après bien des démarches je dus néanmoins solliciter votre haute intervention et finalement vous eûtes la bienveillance de vous occuper vous-même de M. Mouchot et de lui accorder une place libre encore près de la porte d'Iéna au Trocadéro. Cet emplacement, hors de l'enceinte algérienne, fait entrer Monsieur Mouchot dans la catégorie des exposants français de la classe 54.

Je viens donc, Monsieur le Commissaire Général, conformément à le lettre de Monsieur le Capitaine Henry vous exposant avec la situation de Monsieur Mouchot les conditions dans lesquelles a été construit son appareil, vous prier de bien vouloir faire prendre les mesures nécessaires pour que la plateforme horizontale ainsi que les fondations indispensables à l'installation de la machine dont il s'agit soient exécutées, ainsi que cela a eu lieu pour les exposants de machines françaises, aux frais du Budgel Général de l'Exposition Universelle. Je me tiendrai d'ailleurs à l'entière disposition de Monsieur le directeur des travaux, afin de lui fournir tous les renseignements nécessaires.

Dans l'espérance d'une réponse favorable, Monsieur le Commissaire Général, j'ai l'honneur de vous prier de vouloir bien agréer l'assurance de toute la haute et respectueuse considération de votre dévoué serviteur. Abel Pifre, représentant de M. Mouchot ».

Malgré ce plaidoyer, Krantz resta de marbre. Rien ne bougeait, et les horloges couraient chaque jour un peu plus vers la fermeture de tous les travaux sur le site.

Je vis De Wateville au Ministère de l'Instruction Publique, répétai encore toute l'histoire, le poussai à parler au nouveau ministre, Agénor Bardoux, jeune avocat et homme de lettres tout à ses arrêts, à sa prose et à sa carrière. Le 26 avril 1878, pourtant, il se fendit à son tour fort gentiment de sa recommandation expresse au Commissaire Général Sénateur Sébastien Krantz.

> *« Vous savez mieux que moi quel intérêt s'attache à cette découverte et quelles applications pratiques on en peut attendre. Elle est pour ainsi dire le résultat scientifique d'une mission que M. Mouchot a accomplie en Algérie. Aujourd'hui M. Mouchot a obtenu un emplacement convenablement orienté, mais l'inclinaison du terrain nécessite l'établissement d'une plate-forme dont l'exposant ne peut faire la dépense. Je dois donc, Monsieur le Commissaire Général, patronner auprès de vous un professeur qui servant l'université par ses travaux, l'honore encore par une réputation légitimement conquise en France et à l'étranger ».*

Nous flottions sur les méandres de l'administration tentaculaire d'un événement monstre. C'était « la grande foire de la planète, des civilisations et du progrès » qui s'annonçait, ainsi que les journaux ne cessaient de la vanter. L'ouverture était imminente. Et je courais déjà, de mon côté, avec les dessins, les appareils à distiller et à cuire, qui devaient être finis d'installer dans la seconde salle de l'aile gauche du palais du Trocadéro, où était l'exposition du ministère de l'Instruction Publique.

Au moins, là, de grandes verrières ouvraient sur l'esplanade. Nous pourrions facilement mettre en démonstration nos instruments. Je priais le soleil de ne pas nous trahir pour l'inauguration.

X V

Agénor Bardoux est venu le 19 juin 1878 visiter les galeries de l'Exposition Universelle réservées à son ministère. Telle est parfois la coutume en nos contrées : un Grand, un Officiel, « onctionne » de sa présence un lieu ou un événement, qui, déjà, fonctionnait et existait avant lui. On peut donc inaugurer un mois après l'ouverture…

La presse en rendit compte.

« M. Bardoux a été reçu par M. Le Baron Watteville, directeur des sciences et lettres, chargé de l'organisation de toute cette exposition. Dans la première salle sont exposés des spécimens rapportés des dernières missions scientifiques. La plupart des voyageurs attendaient le ministre à côté de leurs collections. La seconde salle du ministère contient les admirables appareils pour la liquéfaction du gaz, les réflecteurs solaires de chaleur, à l'aide desquels M. Mouchot parvient maintenant à cuire des aliments, à distiller, etc., en se servant uniquement du soleil comme source de calorique, et la carte topographique des Gaules ».

J'aurais dû, quant à moi, revenir, mais je m'étais fait porter pâle. Abel fit le planton pour deux, et Bardoux passa vite. Il préféra les Gaulois chevelus aux modernes adorateurs du soleil.

Nous avions eu meilleure presse un mois plus tôt, lors de la réelle ouverture, le 18 mai.

La foire était lancée. Nous fîmes plusieurs démonstrations. Juillet puis août s'avancèrent. Le grand appareil solaire, à mon désespoir, ne fut achevé qu'aux premiers jours de septembre. Mignon et Rouard, engagés dans les compresseurs pneumatiques, les machines à glace, ne parvenaient pas à finir. Il ne nous restait qu'à occuper les badauds, et amuser la galerie, dans cet été de feu, où nous aurions pu si bien fiabiliser notre grand moteur solaire.

Mi-juillet, je mis l'accent sur la distillation. Visitant pour les décrire les stands du Salvador et du Guatemala à l'Exposition, un journaliste du journal *Le XIXe Siècle* nous fit un papier. C'était la première fois qu'Abel accueillait des professeurs et camarades de l'école des Arts et Manufactures, dont plusieurs revinrent à sa conférence à la fin du mois d'août, puis début octobre, auprès de notre grande machine.

Rien de curieux comme de lui voir transformer en 40 minutes, sans autre agent que les rayons du soleil, un litre de vin en une eau-de-vie que les connaisseurs n'hésitent pas à qualifier de parfaite. Cuisson du pain, des légumes, des viandes, ébullition et distillation des liquides, voilà déjà de beaux résultats pour l'inventeur, et cependant ils ne constituent qu'une faible partie des succès que lui ont prédit aujourd'hui les ingénieurs centraliens qui ont visité son exposition et trouvé à son idée autant d'applications dans les pays chauds qu'en a chez nous la chaudière à vapeur.

Nous ne pouvons qu'encourager Monsieur Mouchot à poursuivre ses études, à les faire surtout avec la grande machine qu'il compte présenter bientôt au public et qui lui permettra d'obtenir en grand des résultats dont l'importance sera capitale pour les pays du soleil et en particulier pour nos principales colonies ».

Les colonies ! Il leur fallait bien cela pour regarder nos installations ! Pour moi, je n'avais pas la foi plate d'Abel dans le bien fondé de notre présence dans ces terres lointaines.

Héritage de mon grand-père laboureur ? De mon père serrurier ? Des idées que nous avions brassées dans ma jeunesse ? Je me méfiais, quoi qu'il en soit, des grands discours de l'Etat sur le bien des peuples. Et surtout sur celui qu'on affirme leur faire en dépit d'eux-mêmes... Je me foutais d'ailleurs comme de ma première chemise de la prétendue « mission civilisatrice de la France », que commençaient à inventer nos officiels. Un refrain qui allait monter, enfler jusqu'à la fanfare dans les années qui suivirent, avec Jules Ferry et toute sa bande... Je me félicite pour ma part, aujourd'hui encore, de ne jamais l'avoir repris.

Mais nous ne sommes tous, autant que nous sommes, jamais tout blancs... Et je dois avouer immédiatement, qu'en août 1878, justement, je revis assez longuement, je m'en souviens, le colonel Paul Flatters. Et puis le commandant topographe du génie Elie Roudaire aussi.

Flatters avait bien vingt ans d'Algérie au compteur. Il avait été longtemps à Saïda, puis avait fait Lagouhat, dans l'extrême Sud. Bon arabisant, amoureux du désert, il avait de vrais amis chez les nomades Chambaa, m'assura-t-il, dès notre première rencontre lors de ma démonstration au cercle militaire d'Alger. Il croyait dans la possibilité de franchir le massif du Hoggar, pour tracer un chemin d'Alger au Soudan, puis au Niger, repérer un possible tracé transsaharien, pour un chemin de fer. Cela serait l'équivalent de la grande traversée de l'Amérique d'Est en Ouest, que l'on venait d'achever. Une commission, déjà, étudiait le projet au Ministère des Travaux Publics. Dès le tracé repéré, en trois ou quatre ans, soutenaient Messieurs Soleillet et Duponchel, cela sera chose faite. Flatters me chanta, lors de sa visite en août, que d'ici un an, sans doute, il partirait. Il emporterait un cuiseur si je voulais bien le lui préparer. Une marmite de dix litres serait idéale. Il avait de l'enthousiasme. « Nous pourrons peut-être un jour, qui sait nous embarquer de la gare d'Alger pour descendre à Tombouctou ! Il est possible de domestiquer le Sahara ! Nous pourrons cuisiner sans combustible avec vos appareils, et extraire l'eau du sol, qui sait, avec vos moteurs solaires ! »

J'ai aimé la passion de Flatters, son assurance de pouvoir être le premier européen à franchir en son plein centre le grand océan des sables d'Afrique. Je lui confirmai que tout ce qu'il envisageait était possible. Et que, dès mon retour en Algérie, je lui tiendrais à disposition un appareil cuiseur solaire entièrement démontable.

Le colonel Flatters, à cette époque, n'était pas le seul militaire à rêver de Sahara. Juste à côté de notre salle des petits appareils à l'Exposition de 1878, financé lui-aussi par les Missions Scientifiques de l'Instruction Publique, se tenait en effet le commandant puis capitaine Elie Roudaire, le topographe. Je dois même dire que, de concert avec la grande carte des Gaules qui occupait la pièce précédente, son installation n'était pas pour rien dans l'affluence exceptionnelle dont a bénéficié six mois durant notre aile du Palais du Trocadero.

L'idée de Roudaire, assez folle, amusait beaucoup la presse : faire revivre Triton, une mer antique disparue, et que le topographe, par une série de recoupements et d'approximations, situait aux confins des déserts et sur la joue Est du Sahara. Au concret, le projet était d'inonder une partie du désert pour créer une immense « mer intérieure » par le creusement d'un canal à la frontière algéro-tunisienne.

Afin de convaincre, Roudaire avait fait un immense plan relief qui fascinait la presse.

> « Ce plan, exécuté tout entier par MM. Roudaire et Baronnet, ingénieur civil, ne mesure pas moins de 11 mètres carrés, et représente 10.000 kilomètres carrés de pays. Les moindres dépressions de terrain, les colonies, les montagnes, les oasis, les cours d'eau, les routes et les sentiers sont représentés à l'échelle avec une scrupuleuse exactitude. Les visiteurs verront avec un vif intérêt la démonstration pratique du projet merveilleux enfanté par le commandant Roudaire, projet dont la réalisation décuplera la fertilité de notre colonie d'Algérie ».

Roudaire était un creusois de Guéret, petit et rond, râblé, la quarantaine tout juste. Il ne vivait, plus encore que Flatters, que pour son rêve. Lui aussi, nous expliqua-t-il à maintes reprises lorsque nous le croisions avec Abel, repartait dès l'année prochaine. Il allait arpenter, niveler, mesurer, pour pouvoir chiffrer son immense projet, et changer la face du globe. L'eau de la Méditerranée, nous disait-il, allait retrouver la grande mer desséchée qu'était le bas-Sahara, la zone des Chotts, où l'on trouvait des bancs de coquillages au pied des dunes.

Il l'avait écrit dès sa première publication, dans *La Revue des Deux Mondes*, en 1874.

> « Partant des résultats précis donnés par un nivellement régulier, les combinant avec tous les documents modernes qu'il nous a été possible de réunir, nous en avons dû conclure que le bassin des chotts est encore au-dessous du niveau de la mer, et qu'il suffirait

de creuser un canal de quelques kilomètres pour y ramener les eaux de la Méditerranée. Nous avons montré que ce projet ne présente aucune difficulté sérieuse, et qu'en quelques mois il serait possible de déterminer exactement les données du problème à résoudre. Les avantages qui en résulteraient pour l'Algérie et la Tunisie ont pu faire comprendre que jamais entreprise aussi vaste n'a demandé si peu d'efforts ».

Roudaire était une sorte d'enfant naturel du canal de Suez. Vingt ans auparavant, après dix années de travaux, en 1869, cette incroyable route d'eau de 161 kilomètres entre l'Asie et l'Europe avait été achevée. Son auteur, l'infatigable ingénieur Ferdinand de Lesseps, soutenait désormais Elie Roudaire. Ils allaient percer, à nouveau, cela ne faisait aucun doute. Ils allaient mêler les eaux et refaire un bout de la Terre. Et Roudaire prendrait lui aussi, comme Flatters, un cuiseur-distillateur solaire, pour son prochain repérage...

J'atteignis de mon côté la fin août 1878 sur les genoux. Les petites démonstrations et le suivi du montage sans fin du grand réflecteur s'étaient enchaînés sans répit. Mignon et Rouard nous avaient épuisés. Abel puisait dans la force de la jeunesse. J'étais quant à moi, certains soirs, presque titubant de mots, de causeries, de chaleur et de fatigue. Je devais tenir pour les premiers grands essais.

Je décidai de lui abandonner la conférence de la fin du mois d'aout 1878.

« Partant des résultats précis donnés par un nivellement régulier, les combinant avec tous les documents modernes qu'il nous a été possible de réunir, nous en avons dû conclure que le bassin des chotts est encore au-dessous du niveau de la mer, et qu'il suffirait de creuser un canal de quelques kilomètres pour y ramener les eaux de la Méditerranée. Nous avons montré que ce projet ne présente aucune difficulté sérieuse, et qu'en quelques mois il serait possible de déterminer exactement les données du problème à résoudre. Les avantages qui en résulteraient pour l'Algérie et la

Tunisie ont pu faire comprendre que jamais entreprise aussi vaste n'a demandé si peu d'efforts ».

Roudaire était une sorte d'enfant naturel du canal de Suez. Vingt ans auparavant, après dix années de travaux, en 1869, cette incroyable route d'eau de 161 kilomètres entre l'Asie et l'Europe avait été achevée. Son auteur, l'infatigable ingénieur Ferdinand de Lesseps, soutenait désormais Elie Roudaire. Ils allaient percer, à nouveau, cela ne faisait aucun doute. Ils allaient mêler les eaux et refaire un bout de la Terre. Et Roudaire prendrait lui aussi, comme Flatters, un cuiseur-distillateur solaire, pour son prochain repérage...

J'atteignis de mon côté la fin août 1878 sur les genoux. Les petites démonstrations et le suivi du montage sans fin du grand réflecteur s'étaient enchaînés sans répit. Mignon et Rouard nous avaient épuisés. Abel puisait dans la force de la jeunesse. J'étais quant à moi, certains soirs, presque titubant de mots, de causeries, de chaleur et de fatigue. Je devais tenir pour les premiers grands essais.

Je décidai de lui abandonner la conférence de la fin du mois d'aout 1878.

X V I

Ce fut un mercredi, le 28. La salle du Trocadéro était presque comble.

Watteville présidait une longue table sur tribune où s'était posée, à ses côtés, une brochette dite d'assesseurs, moitiés repus et somnolents : Charrier et Richard, ingénieurs civils, Correnti, commissaire général du gouvernement italien, Desmazes et Lacascade, sénateur et député, Leblanc et Ser, professeurs à l'École Centrale. Un jeune polytechnicien, Jules Armengaud, avait fait la matinée avec ses « moteurs à gaz ». Il était 14 h et nous étions, indiscutablement, l'un des thèmes les plus populaires du moment. Abel, chauffé à blanc par l'été et nos activités incessantes, entonna immédiatement les trompettes de la renommée.

« Le sujet, Mesdames, Messieurs, m'écraserait par sa grandeur, si je ne me sentais soutenu par l'idée des précieux résultats qui peuvent naître pour mon pays, pour le monde entier, des applications pratiques dont j'ai à vous entretenir. Elles doivent, je l'espère, faire participer dans un avenir prochain des régions déshéritées au bienfait de la civilisation et de la richesse, par des moyens simples et naturels dont la science les met en possession dès aujourd'hui. Jamais idée ne fut plus féconde que celle de remplacer le combustible ordinaire par un foyer naturel, grandiose, inépuisable, qui est le Bien commun du riche et du pauvre. M. Mouchot a réalisé cette conquête pacifique, en captant,

Abel trompétait ma gloire avec la fougue des attentes de la jeunesse. Cela était beaucoup, cela était trop, bien entendu.

J'avais, certes, presque chaque jour fait fonctionner les petits cuiseurs du Champ-de-Mars et amusé, souvent à mes dépens, une foule rigolarde et facilement moqueuse. « Quoi ! Ce n'est que cela ?. . . Un entonnoir et un verre de lampe ! Rien de plus simple ! » J'acquiesçais bien volontiers. Encore fallait-il le trouver, puis l'améliorer. Encore fallait-il peser les raccourcis et les impasses, tester, faire le bilan précis des devanciers. Tout est simple lorsque la voie est ouverte. Mais je ne me haussais pas trop haut du col. Faire le bonhomme de foire n'était pas une grande réussite, en définitive. Malgré l'enthousiasme d'Abel, nous n'étions qu'à un début, si tout voulait bien continuer...

Il me semblait à moi qu'il faudrait encore un long chemin pour que l'humanité puisse croire dans les moteurs du soleil. Le charbon était encore si abondant, si facile sous nos latitudes.

Abel égrena et défendit quant à lui, deux heures durant, tous les acquis et tous les possibles du solaire : les chaleurs pour les aliments, la chimie, les fontes et calcification de matériaux, les purifications d'eaux souillées ou salines, la force motrice de la vapeur, l'huile et d'autres éthers chauffés pour la nuit, l'électricité par les piles thermiques, la glace par la compression de l'ammoniac...

Et il ne put se retenir de faire rêver pour finir, puisque, enfin, nous touchions au but.

temps n'est-il pas venu, en effet, où l'Egypte remplacera l'antique noria par les pompes à vapeur, où le combustible solaire transportera l'activité industrielle sur les bords naguère silencieux du canal de Suez, où le désert verra monter à sa surface calcinée les nappes paresseuses des eaux souterraines ? Alors, Mesdames, Messieurs, vous saluerez, avec les peuples qui vont bénir l'invention française, l'ère nouvelle du travail et du progrès dont ils goûteront enfin les bienfaits et la jouissance ! »

L'Afrique solaire, l'Afrique prospère se levait comme un rêve à l'horizon. Ce furent ses derniers mots.

Chacun pouvait hésiter d'ailleurs sur leur sens exact. Des peuples allaient-ils bénir des cuiseurs et distillateurs arrivés dans les bagages militaires ? Les grands nomades du désert attendaient-ils une nouvelle ère de travail et de progrès ? Abel commençait, je l'ai dit, ses ronds de jambe devant les coloniaux, qu'il n'allait cesser d'accélérer dans les années suivantes.

Je quittai pour ma part la salle dans les tout premiers, par le fond, où je m'étais fondu dans la foule disparate de cet après-midi. Je retournai bien vite à l'esplanade de bois de notre grand réflecteur. Tourné aux trois quarts vers le ciel, on aurait dit un grand jouet magique, dans lequel passaient les nuages et quelques trous de bleu. De la barrière de métal qui bordait le carré de gravier menant aux toilettes publiques, trois hommes observaient la machine. L'énorme pistil nervuré de la chaudière dépassait d'un mètre la grande corolle évasée. L'un des hommes avait enlevé son chapeau. Il semblait écouter avec attention celui qui montrait du doigt l'appareil. Un solitaire, plus loin, accoudé à la barrière, avait le regard perdu dans les miroirs.

J'échangeai quelques mots avec Paul, un jeune mécanicien qui avait fait des heures chez Mignon et Rouard, et que nous avions retenu comme gardien et servant du grand moteur-pompe. Les trois grosses roues dentées de l'engrenage arrière luisaient enfin de graisse propre. Elles m'avaient hanté presque continûment depuis deux mois, car le poids de la chaudière avait bousculé mes plans. Deux cent litres d'eau, ajoutés au verre et au cuivre de la structure, avaient fait monter le total au-delà des quatre cents kilos. Et c'est cette masse considérable qu'il avait fallu accrocher, comme nous le pouvions, aux nervures de la corolle qui venaient s'unir dans le cœur évasé du foyer. Pour rester manœuvrable, l'engrenage avait dû grandir de concert, et venir s'ancrer sur un énorme cube de pierre de St Maximin.

Il était loin le temps de la petite cour d'Alençon, me suis-je dit en rentrant ce soir-là. Mais c'était pourtant le chemin ouvert alors par nos jeux et par nos rires qui m'avait conduit ici.

Demain, ou d'ici quelques jours, dès que dame météo le voudrait, nous allions la faire enfin fonctionner cette grande machine à soleil !

XVII

J'ai conservé longtemps, c'est vrai, le premier article qui rendit compte de l'essai du dimanche 22 septembre. Et je crois même que je l'avais encore dans mon vieux presse-document de cuir 30 ans plus tard, alors que je croupissais tout seul rue de Dantzig, après qu'ils aient emmené Pierrette pour l'hôpital. Nous gardons tous des choses, comme cela, entre le talisman et la relique, les cailloux blancs des grands moments de notre existence.

C'était le journal *Le XIXe siècle*, le premier, qui avait voulu vendre la mèche, avant même que mes rapports pour le ministre de l'Instruction Publique et pour l'Académie des Sciences ne soient partis. Francisque Sarcey, le rédacteur scientifique, était un drôle de bonhomme rond, qui faisait aussi dans le roman et la critique littéraire. Les feuilles satiriques aimaient bien s'en moquer, car il mangeait du curé autant qu'il siégeait aux meilleures tables de Paris. C'était l'esprit du moment, comme il l'avait parfaitement saisi, et l'un permettait l'autre, évidemment. Il titra : *Une victoire pacifique.*

« Le 22 septembre sera une date mémorable dans les annales de la science. Après 17 ans de luttes, de travaux, de privations et de déboires, le jour de la moisson est venu. Ces applaudissements sincères, ces poignées de mains cordiales qui réunissent un instant, devant une des plus belles inventions humaines, des hommes qui ne se connaissent pas, qui sont séparés par la langue

Sarcey avait voulu soigner son effet. Il s'était plu à mettre en balance la réussite de ce beau dimanche et les moqueries, les sarcasmes, « les criailleries de l'envie », « la troupe honteuse et famélique des voleurs d'idées », comme il disait.

Je ne sais pas, à vrai dire, si j'avais eu tant de peine. Les difficultés pratiques n'avaient certes pas manqué : l'oubli de la place d'installation du réflecteur, les soucis continus de finalisation avec la maison Mignon et Rouard, le montage, le budget insuffisant qui m'avait conduit à largement financer moi-même les dépassements et la plateforme de positionnement de l'appareil... J'avais le sentiment d'avoir traversé, à 53 ans, l'une des périodes les plus intenses et fatigantes de mon existence. Mais quel bonheur, quand même ! S'il y a avait eu des moqueurs, des envieux, je n'avais rien entendu ! Capter et utiliser la force de la chaleur naturelle du soleil n'était plus un objectif. C'était un fait. Le moteur avait une puissance phénoménale, même sous le soleil de Paris. La force mécanique pouvait être accessible sans rien brûler ni détruire. Et Sarcey, pour le coup, n'exagérait pas sur l'effet que cette réussite avait produit sur le public.

Car il y a avait eu une belle foule, en effet, ce dimanche-là. Nous n'étions plus qu'à quelques semaines de la fermeture des pavillons. Beaucoup de Parisiennes et Parisiens, et d'autres depuis les provinces, étaient déjà passés au Trocadéro, mais les étrangers étaient nombreux encore, qui avaient voyagé longtemps pour venir à cette grande rencontre de la terre entière. Il y a avait même Krantz, le Commissaire général de l'Exposition, qui s'était déplacé tout exprès. Vers midi, lorsque Paul, le mécanicien, une fois la pression de 6 bars atteinte, a enclenché la pompe, le public s'est soudain tu comme devant un miracle. Puis, quand l'eau, d'abord timidement, puis en une puissante colonne a commencé à jaillir à plus de 2 mètres de hauteur en direction de la pelouse, la foule a éclaté en applaudissements, en rires, en « Bravos ! », comme traversée d'une joie nouvelle et d'une gaieté d'enfant.

Le soleil, sans combustible, pouvait faire jaillir les eaux des gouffres de la terre, les monter des vallées sur les montagnes. Les larmes m'en sont venues aux yeux. Abel semblait presque danser sur place et répondait, déjà, à toutes les questions.

J'ai oublié le détail de la suite. Abel voulait une soirée de fête et nous avons dîné généreusement avec deux ou trois de ses amis, près des bords de Seine. Le fils Baudier, Louis-Etienne, de la boulangerie de ma petite ville de Semur-en-Auxois, était là aussi. Il allait sur ses 25 ans et était à Paris depuis peu, monté à la capitale pour des ambitions de lettres. Son père, le confiseur de Semur, l'aidait, en sus de menus travaux de copie et d'écriture dont il vivotait. La presse l'avait informé de ma présence et il était passé plusieurs fois au Trocadéro en septembre, durant le montage du grand appareil, restant avec nous des demi-journées entières. Avec Abel, le courant s'était tout de suite établi. Les deux communiaient en riant dans l'avenir, les promesses du soleil, les richesses qui tombaient sans le savoir sur les terres des Suds et qu'ils rêvaient tous deux de découvrir.

Cela me faisait du bien, je dois l'avouer, cette jeunesse. A ne plus tout porter tout seul, comme l'été précédent encore, sur les pistes sans fin du grand sud algérien. Abel et Louis-Etienne m'étaient comme deux fils tombés du ciel. Malgré ce qui s'est passé ensuite, je ne veux pas oublier combien ils m'ont tenu chaud, à moi qui étais passé sans m'en apercevoir à côté de la vie de famille.

Et Sarcey, dans son exagération et dans sa grandiloquence, de ce point de vue, n'avait peut-être pas que tort... « Il a été à la peine, il est juste qu'il soit à l'honneur ».

X V I I I

A vrai dire, après le dimanche du premier essai, nous ne sommes pas restés bien longtemps avec Abel à nous congratuler. Le moteur était parfaitement monté en pression et la pompe, certes, avait manifesté une belle puissance. Mais, presque depuis nos premiers échanges, Abel avait insisté sur l'intérêt de donner à voir d'autres applications de la force solaire. Il fallait « saisir les imaginations », me disait-il, « faire toucher du doigt » la réalité énergétique du flux bienfaisant qui nous inondait si souvent et que nous laissions perdre. Et pour cela, quoi de plus spectaculaire que de transmuer en leur exact inverse les rayons du soleil ?

Dès le lendemain du premier essai, le lundi 23 septembre 1878, j'écrivis quelques lignes au ministre de l'Instruction Publique.

> *« Monsieur le Ministre, Avant de vous soumettre le résultat de mes essais d'applications industrielles de la Chaleur Solaire à l'Exposition Universelle, au Trocadéro, permettez-moi de vous annoncer que le grand appareil solaire qui s'y trouve installé répond complètement à mon attente et que, malgré le pâle soleil de septembre, il a pu porter 70 litres d'eau non seulement à l'ébullition mais à plus de six atmosphères de pression et qu'il a mis sans peine en mouvement une pompe élevant de quinze à dix huit cent litres d'eau par heure.*

Sachant l'intérêt que vous daignez porter à mes essais, je me fais un devoir de vous signaler ce premier résultat. Prochainement, je me propose de fabriquer de la glace au soleil de Paris.
J'ai l'honneur d'être, avec le plus profond respect, Monsieur le Ministre, votre tout dévoué serviteur ».

Le projet d'Abel de fabriquer de la glace lui était venu de ses enseignements à l'école des ingénieurs civils de Paris. En 1862, à Londres, les frères Edmond et Ferdinand Carré, des Picards ingénieux, avaient fait un tabac avec leur machine à froid. Grâce aux capacités d'absorption de l'ammoniac, en faisant passer ce fluide de l'état gazeux à l'état liquide dissous dans l'eau, ils réussissaient à fabriquer jusqu'à 100 kilogrammes de glace à l'heure. Mignon et Rouard avaient sauté sur le brevet. Les machines se vendaient comme des petits pains, disait-on, et outre-Atlantique les brasseries de Louisiane faisaient tourner des chaudières pour frapper les boissons des planteurs. En Europe aussi, dans les grandes villes au moins, le goût du glaçon se répandait rapidement dans les meilleurs établissements.

L'idée venait donc d'elle-même : nous allions remplacer la chaudière par le soleil, et la glace allait tomber en bloc dans nos verres en plein midi. Mieux que par de longs discours, nous allions avoir par une image la preuve de l'étendue immense des applications potentielles et modernes de l'énergie de l'astre du jour !

Abel avait tout prévu. Suite à la proposition que m'avait faite Jean-Baptiste Mignon Java, les deux associés parisiens Mignon et Rouard, qui nous avaient tant fait lambiner par ailleurs avec la construction du réflecteur, allaient mettre à notre disposition l'une de leurs machines Carré. Ils nous devaient bien une compensation. Et puis quel titre pour leur publicité : « Fabriquer de la glace avec le soleil ! »… Pour eux comme pour nous, il y avait dans ce contraste de quoi éveiller les endormis, susciter une curiosité, et qui sait, un attrait !…, bien au-delà des curieux de mécanique et des passionnés de physique pratique dont s'était souvent rempli tout notre public… Et cette glace au soleil fut, il est vrai, une sorte de point d'orgue et d'apothéose pour nos activités.

Nous étions le lundi 29 septembre, et Francisque Sarcey, une nouvelle fois, fut le premier à en rendre compte dès le lendemain.

« Nous sommes heureux de signaler les moindres progrès des appareils de M. Mouchot, à plus forte raison ceux qu'il a obtenus hier. Le soleil, piqué sans doute des reproches que nous lui adressions avant hier, a pris plaisir de verser cette après-midi des torrents de chaleur. A une heure, le manomètre de la chaudière marquait une pression de 7 atmosphères, la pompe fonctionnait, et à 2 heures un jet de vapeur lancé dans un appareil Carré produisait un bloc de glace. Les nombreux spectateurs ont tous voulu goûter de la glace fabriquée par le soleil. C'est une gracieuse surprise que nous réservait M. Mouchot, et ce ne sera pas la dernière ».

Le billet de Sarcey joua-t-il un rôle ? Ou bien était-ce le simple impact de nos grandes expériences, malgré ce court mois de septembre entrecoupé de trop de voiles nuageux ? Etait-ce aussi la fin de l'Exposition Universelle, comme je l'ai dit, qui se profilait ? Je l'ignore. Mais nous n'eûmes jamais tant de monde que dans la semaine qui suivit. Et le soleil, cette fois, fut de la partie sans discontinuer. Il manifesta même le 9 octobre, comme l'écrivit un nouveau correspondant du journal *Le XIXe siècle*, « une politesse toute princière ».

J'étais venu voir notre appareil ce jour-là en début d'après-midi, ainsi que je le faisais à peu près chaque jour, et je dois dire que je n'aurais jamais pensé que moi, petit-fils de laboureur, je pourrais accueillir des rois, ou de ceux qui voudraient l'être.

Vers 14h en effet, une importante délégation de Messieurs en canotiers et de femmes à grands chapeaux débarqua près de l'appareil, que nous graissions généreusement avec Paul. Un espèce de majordome vint me chercher et me présenta aux deux fils de Louis-Philippe, Gaston d'Orléans, le comte d'Eu, et le Comte de Paris, Philippe d'Orléans, le premier marié à l'impératrice du Brésil, le second, depuis son retour d'exil, toujours aux prises avec les rêves monarchistes d'un retour au pouvoir. L'impératrice Isabelle, qui abolira l'esclavage au Brésil une dizaine d'années plus tard, était là aussi.

Nous leur fîmes toutes les grâces possibles, l'appareil fonctionnant à merveille. Le Comte d'Eu me dit tout le bien qu'il pensait que les moteurs solaires pourraient faire au nord du Brésil, où l'eau manque souvent, mais où les terres à cultiver abondent. Les autres s'amusèrent des cuiseurs, rirent avec les dames.

Nous étions en octobre 1878 et l'énergie solaire, peu à peu, devenait un sujet d'intérêt, une nouveauté, une nouvelle marque du progrès de notre société. Dans l'effervescence des innovations, des objets, des suggestions industrielles et domestiques de tous ordres exposées à Paris nous avions réussi, de manière inespérée, et par-delà les embûches, à émerger, à surnager légèrement.

A la mi-décembre 1878, quand eut lieu le tirage qui attribua aux visiteurs de l'Exposition quelques 30.000 objets présentés aux titres de « l'industrie nationale française », au hasard des numéros des tickets, nous fûmes encore, et contre toute attente, mentionnés, pour un cuiseur qui alla rejoindre la ou le détenteur d'un billet gagnant.

« Des merveilles, des merveilles et toujours des merveilles. Il était écrit que cette Exposition de 1878, par une fortune singulière, dépasserait, en tout ce qui s'y rattache, les plus ambitieuses espérances. Nous venons du Palais de l'Industrie où, un peu avant la masse du public, les personnes munies de cartes spéciales sont admises depuis deux jours à visiter les richesses de la Loterie Nationale. Quel plaisir, je parle pour les grands enfants, de retrouver de ci, de là, dans quelque coin, un objet qu'on avait remarqué dans la masse à la grande Exposition maintenant fermée

et de se dire : il est peut-être à moi. On a seulement douze millions de chances de se tromper ; mais qu'importe ?

Les dames ne passeront pas, nous en sommes sûrs, sans jeter un regard sur les plus jolis miroirs ciselés où se soient reflétés jolis visages, et les hommes graves qu'avaient affaiblis l'excès du travail puiseront au moins un fugitif espoir de régénération dans un magnifique appareil d'hydrothérapie à jeux complets. Les malles, les machines à coudre, les appareils de chauffage sont en grand nombre. La librairie sera superbement représentée. M. Paz a vendu un de ces meubles ingénieux qui contiennent tous les ustensiles nécessaires pour faire de la gymnastique de chambre. N'oublions pas au moins de signaler les inventions à la mode, telles que l'appareil de M. Mouchot, qui permettra à son heureux possesseur, si sa chambre est parfois visitée d'un rayon de soleil, de faire cuire un beefsteak sur sa fenêtre.

Mais encore une fois, je renonce à continuer une énumération tant de fois entreprise déjà et toujours incomplète. Comment, au gré de tous, citer tous les objets dont la possession peut paraître enviable ? »

Quelque chose s'était passé durant ces quelques mois, je le mesurais bien. Nous n'étions plus évoqués au conditionnel. L'énergie solaire devenait une option, une réalité, une possibilité débarrassée de ses vieux habits de rêve ancien ou de mirage.

Et ceci d'autant que la presse étrangère ne nous avait pas ignorés, que de nombreux Italiens et sud-européens, que des Américains du Nord et du Sud, des Anglais des terres lointaines, des Russes, des ingénieurs, des curieux, des scientifiques de tous les pays étaient venus s'entretenir et toucher du doigt nos appareils. Il y eut même, par exemple, ce John Adams, que je revis à deux reprises et qui écrivit ensuite un livre en Inde, *Solar Heat*, en traduisant mon titre, sur *La chaleur solaire comme carburant des pays tropicaux*.

Le magazine *Le Monde de la Science et de l'Industrie* avait mentionné ses expériences, en les rapprochant des nôtres, le 14 juillet 1878. Un an plus tard, un correspondant de la revue lui ayant reproché en mon nom de vouloir revendiquer la découverte, il se crut obliger de répondre.

« En introduisant votre machine dans les Indes orientales, je vous assure que je n'ai aucun désir de m'approprier la moindre partie de l'honneur qui vous est dû comme seul inventeur. Je me propose même, avec votre permission, de l'appeler 'The Mouchot Solar Machine', ou par quelque autre nom qui vous semblera bon ».

Cela me fit bien rire. Car, c'était, je m'en souviens, un jeune ingénieur charmant, de Bombay. « Sous les latitudes de l'Inde du Sud », m'expliqua-t-il, sans totalement me convaincre, « la réflexion et la concentration solaire par un ensemble de miroirs plats pourrait suffire à produire de la vapeur ». Une centaine d'entre eux accrochés sur un cadre de 10 mètres par 10 mètres, comme il avait commencé à l'expérimenter, ferait l'affaire. Cette solution pourrait être moins coûteuse que nos paraboles, plus facile à mettre en œuvre, même si elle occuperait un espace plus important.

Je préférais, je l'ai dit la facilité d'orientation et la performance sous nos latitudes de nos réflecteurs-concentrateurs à troncs de cônes, mais j'appréciai l'enthousiasme de William Adams. Nous n'étions plus désormais, avec Abel, les seuls à entrevoir les promesses énergétiques du soleil.

Je l'avais écrit au Ministre, d'ailleurs, dans le rapport détaillé que je lui envoyai le 28 septembre 1878, et dans les mêmes termes à l'Académie des Sciences. La cuisson et la distillation solaires m'avaient en effet valu de nombreuses discussions. Et Abel avait presque rempli un plein carnet de commandes de petits appareils. Il songeait déjà, me disait-il, à industrialiser la production.

« *Monsieur le Ministre, J'ai l'honneur de vous soumettre mes essais d'applications industrielles de la Chaleur Solaire durant l'Exposition.*

Ces essais ont pour but, les uns la cuisson des aliments et la distillation des alcools, les autres l'emploi de la Chaleur Solaire comme force motrice.

Les petits appareils de cuisson n'ont pas cessé de fonctionner durant les jours de soleil. Ils ont constamment captivé l'attention des visiteurs. Des miroirs de moins d'un cinquième de mètre carré construits avec toute la régularité désirable ont suffi pour rôtir un demi kilogramme de bœuf en 22 minutes, pour confectionner en une heure et demie des étuvées qui nécessitent quatre heures avec un feu de bois ordinaire, et surtout pour porter en une demi heure, trois quarts de litres d'eau froide à l'ébullition, ce qui dénotait l'utilisation de 9,5 calories par minute et par mètre carré, résultat remarquable à la latitude de Paris.

Les alambics solaires ont également fourni d'excellents résultats. Munis de miroirs de moins d'un demi mètre carré, ils portaient trois litres de vin à l'ébullition en moins d'une demi heure et donnaient une eau de vie fine et franche de tout mauvais goût. Cette eau de vie, soumise une seconde fois à la distillation dans le même appareil, prenait toutes les qualités d'une bonne liqueur de table ; je dois dire que ces derniers résultats, obtenus avec des alambics d'une simplicité primitive, et capables de rivaliser avec les produits des appareils les plus perfectionnés ont beaucoup intéressé les distillateurs de France et de l'étranger.

J'ajoute enfin que les petits appareils solaires affectés soit à la cuisson des aliments soit à la distillation m'ont été beaucoup demandés et spécialement pour les cabinets de physique de Moscou, de New-York, d'Egypte, de Philadelphie, de Suisse, d'Italie et d'Espagne ».

Je n'inventais rien. Le monde entier, me semblait-il alors, était en voie de s'ouvrir au recueil et à l'usage de la chaleur du soleil. Des expérimentations allaient avoir lieu en divers points du globe, les appareils allaient s'améliorer, et une émulation salutaire mettrait à disposition avec toujours plus de facilité une force propre, inépuisable et libre pour le bien être de l'humanité.

Après avoir exposé les performances du grand réflecteur, je concluais :

> *« Les résultats que je viens d'avoir l'honneur d'exposer frappent moins par leur importance que par les conséquences qu'il est permis d'en tirer pour les pays chauds.*
>
> *Aussi, les ingénieurs de toutes les contrées du globe qui sont venus se convaincre à l'exposition du ministère de l'Instruction Publique et au Trocadéro, de la possibilité de faire travailler même le pâle soleil d'automne et qui ont bien voulu suivre attentivement mes essais, en ont-ils emporté la meilleure impression.*
>
> *J'ai fait tous mes efforts pour m'acquitter dignement de ma tâche. Puissé-je avoir contribué pour ma bien faible part au succès éclatant de notre magnifique Exposition ! J'ai l'honneur d'être avec le plus profond respect, Monsieur le Ministre, votre très obéissant et très dévoué serviteur ».*

Il faut savoir remercier. Et cette prose, à vrai dire, arrivait juste avec la fin officielle de ma mission, le 1er octobre 1878.

C'était là le devant de la scène, le jeu positif des acteurs, le plein soleil et les applaudissements. En coulisses, la réalité était moins séduisante. Abel, une nouvelle fois et durant tout le mois de septembre, n'avait jamais cessé de se battre.

D'abord, stupidité administrative ou étrangeté radicale de nos appareils de distillation et de cuisson, ces derniers avaient été, à la dernière minute, rayés de la liste des récompenses établie par le jury de la « Classe 27 », la catégorie du concours de l'Exposition Universelle dite de « Mécanique Française ». Ils avaient certes été examinés, tous les tests avaient été effectués, et ils avaient même été évalués très positivement. Mais, nous avait-on appris à la fin du mois d'août, ma demande d'inscription au concours de récompenses n'était pas parvenue dans les temps. En avril, paraît-il, j'avais manqué le coche. Il convenait donc, à la demande d'une partie du jury, de rayer mon nom, nous affirma le président de cette maudite et ridicule « Classe 27 de Mécanique Française »… Seul le chef suprême, le Commissaire Général de l'Exposition, ajoutait-il, pouvait me sauver.

Je me présentais donc, dans les derniers jours d'août, à ses bureaux, sur les instances incessantes d'Abel, alors même que le grand réflecteur solaire était en plein montage, et que ma tête se trouvait bien occupée ailleurs... On ne me reçut point, et lorsque Abel s'étonna auprès de l'intéressé, le 2 septembre, que j'aie été ainsi éconduit, le sénateur-ingénieur Krantz prit la mouche, cria à l'injure de son administration, à la diffamation de son excellent et irréprochable travail, et nous inonda en un mot de sa grandeur en nous renvoyant d'une missive cinglante à nos jeux poussiéreux d'insectes solaires… Excuses faites platement et bien respectueusement par Abel, jeune professionnel de la politesse institutionnelle, le Sénateur-ingénieur Krantz répondit qu'il lui était impossible d'intervenir…

Cette irrégularité de papier était-elle réelle ? Ou bien n'était-ce pas à un problème de fond que nous étions confrontés ? Car ces cuiseurs, en vérité, n'appartenaient-ils point à la « Section de l'Algérie », par leur origine partielle de mise au point, et par leurs possibilités de déploiement, en Afrique, dans les pays du soleil ? Relevaient-il au contraire, comme nous le pensions, et avec leur grand frère, de la « Section de Mécanique Française », par leur technicité et leurs matériaux, par leurs usages industriels potentiels ? Ou bien devaient-ils être en fin de compte simplement inscrits à la section des « Missions Scientifiques de l'Instruction Publique », qui avait financé leur construction, leurs expérimentations, jusqu'au lointain Djebel Amour ?

Objets surprenants, objets saugrenus dans la société charbonnière en pleine expansion de notre fin de 19ème siècle, mes objets solaires se trouvaient-ils en définitive inclassables, et par là même non-classés ? Reconnus par la presse, encensés même par une partie du public, étaient-ils voués à se trouver ignorés de la pluie de distinctions qui tombait sur les innovations françaises ?

Abel n'en décolérait pas. Et il fulmina carrément, m'entretenant presque chaque jour du scandale, dès le début octobre, après l'épisode réussi superbement de la glace et de l'appareil Carré, puis les visites remarquées des princes d'Orléans et de l'impératrice du Brésil. Sacré Abel ! Son activisme social, ses ambitions d'entrepreneur, sa ténacité sans faille face aux chausse-trappes des administrations me laissaient sans voix et admiratif. Je n'avais envie, quant à moi, que de fermer ma porte, et de trouver le moyen de continuer mes recherches…

« - Mais justement Augustin ! Vous n'arriverez à rien si vous êtes injustement laissé à l'écart ! S'ils ne sont pas capables de mettre une médaille aux cuiseurs, aux petits appareils et plus encore au grand moteur, qu'ils vous accroche au moins la Croix, à vous, leur concepteur !

- Calmez-vous Abel ! Et soyez raisonnable. Vous savez que j'ai les Palmes Académiques... Et cela est déjà beaucoup, pour un petit professeur de lycée... Alors la Légion d'honneur ! Je crois que votre gentil enthousiasme à mon égard vous emporte ! »

Cela, pourtant, fut fait. Le 20 octobre 1878, sur proposition du Ministre de l'Agriculture et du Commerce, je me trouvai dans la vaste promotion spéciale de plus de 1500 rubans rouges, au titre exact d' « Inventeur du système d'utilisation de la chaleur solaire comme force motrice ». Abel dansa à nouveau comme un diable. J'étais quant à moi incrédule, abasourdi.

Francisque Sarcey avait travaillé en souterrain, avec Edmond About, le romancier, et quelques autres partisans de mes expériences. Il se lança le dimanche 29 octobre 1878, en première page, dans un nouveau dithyrambe, tressant à mon égard une de ces odes aimables et à demi-fantaisistes dont il avait le secret. Je n'étais pas le pauvre rat de laboratoire échappé de Tours ou de Semur dont il voulait me faire porter la tunique. Mais sa péroraison me toucha, je le reconnais. Après tout, sous ses poses et sa grandiloquence, derrière ses ridicules, le bonhomme était plus sincère que beaucoup.

« *Mon Dieu ! Que j'ai eu plaisir à lire cette longue liste des décorations accordées aux exposants, à y retrouver des noms que je souhaitais passionnément d'y voir ! Quel chagrin pour nous si l'on n'avait pas donné le ruban rouge à notre ami Mouchot ! Mouchot, vous savez bien, celui qui, à l'aide d'appareils savamment combinés, s'est rendu maître du soleil, l'a dompté et forcé de travailler pour l'homme !*

En d'autres termes, et sans figure, il a trouvé moyen d'élever, à l'aide du soleil seul, l'eau à la température où elle se convertit en vapeur et met en mouvement de puissantes machines. Qui sait ! Cette humble découverte peut changer la face du monde ; elle peut transporter l'industrie, des contrées qui fournissement la houille, dans ces pays qui n'ont pour tout bien que la lumière du soleil, et qui n'ont jusqu'à ce jour jamais connu le travail.

Brave et excellent Mouchot ! Ame simple et cœur naïf de savant ! Nous le regardons un peu comme notre œuvre.

Quand il est arrivé à Paris, pauvre petit professeur de province, à peu près inconnu, raillé par beaucoup de beaux-esprits, ne sachant rien des choses de ce monde, plongé jusqu'au cou dans les expériences de laboratoire et tout effaré quand il en sortait, c'est About qui s'est intéressé à son invention, qui en a deviné la portée, qui a fait démarches sur démarches pour lui obtenir un congé d'abord, puis une mission en Algérie.

Avec quelle joie nous recevions de temps à autres des nouvelles d'Algérie, qui nous annonçaient le succès des expériences tentées en grand ! Quelles espérances nous avions fondées sur l'Exposition Universelle, qui allait permettre de les répéter devant l'Europe assemblée ! Comme nous en avons voulu aux pluies persistantes des premiers mois, qui privaient M. Mouchot de son collaborateur ! Tout a fini par bien tourner !

Voilà l'invention lancée, et l'inventeur chevalier de la Légion d'honneur. Nous sommes bien contents pour lui, et pour nous qui prenons notre petite part dans son triomphe ».

La fin d'octobre, en résumé, semblait emporter tous les soucis de cette année intense, sous les trompettes rigolardes de Francisque Sarcey.

Mais le rideau des coulisses dissimulait encore une autre surprise. Peu de gens, et pas la presse en tout cas, n'en eurent alors connaissance… Aujourd'hui, l'eau a suffisamment coulé aux abords de ce qui reste du Champ de Mars, à ce qu'il me semble, pour que je puisse citer ici l'une des plus précises lettres que dut rédiger Abel Pifre à l'intention du Sénateur Commissaire Général en chef de l'Exposition Universelle Krantz.

Nous étions le 28 septembre, juste après la réussite de l'appareil Carré.

« Monsieur le Sénateur Commissaire Général, Enfin en possession des mémoires et factures concernant M. Mouchot, je m'empresse de vous en adresser la nomenclature avec l'indication des chiffres auxquels ils s'élèvent. Je joins à cet envoi une petite note, primitivement destinée à un groupe de Sénateurs et de Députés portant intérêt à l'invention de M. Mouchot, note que je suis heureux de remettre à vous seul et seulement à titre de résumé des faits dont j'ai eu l'honneur de vous entretenir.

Les dépenses de M. Mouchot s'élèvent à un total de 26.628 francs (soit 108.000 de vos euros) *pouvant se décomposer en deux parties : 1) 3.335 francs* (16.000 euros) *représentant les frais d'installation au Trocadéro 2) 23.193 francs* (94.000 euros) *représentant le coût du grand appareil.*

Vous remarquerez, Monsieur le Commissaire Général, que la maison Mignon et Rouard entre dans le total pour la somme considérable de 20.320 francs. Ce chiffre de 20.320 francs est énorme pour la machine que vous avez vu surtout après les concessions faites, les concessions accordées par M. Mouchot tant

Abel, tour à tour, simultanément, flattait, menaçait, et agitait le succès obtenu en joignant l'article découpé de la *Victoire pacifique* de Sarcey. Il n'obtint une réponse que fin novembre, pourtant, après une entrevue, et surtout après une pétition portant la signature de députés de la Côte d'Or, mon département de naissance, de journalistes scientifiques, et même celle d'Hervé Mangon, l'académicien des Sciences, Polytechnicien et savant météorologue, pionnier de l'hydraulique rurale, qui serait nommé un an plus tard directeur du Conservatoire des Arts et Métiers, et qui demanderait de nouvelles expériences solaires en son établissement.

Le 26 novembre tomba enfin l'arrêté du Ministre de l'Agriculture et du Commerce.

euros) *pour solder les frais de confection et de transport de l'appareil de M. Mouchot établi au Trocadéro »*.

Abel avait gagné. J'étais libre, enfin, les poches vides, mais sans dettes. Je pris immédiatement la plume pour demander la possibilité de continuer mes recherches. Dès le 28 novembre, deux jours plus tard, j'écrivis à nouveau au Ministre de l'Instruction Publique.

« Monsieur Le Ministre, Vous avez bien voulu vous intéresser à mes essais d'utilisation industrielle de la chaleur solaire, et me fournir les moyens de résoudre ce problème important, au double point de vue de la distillation des matières alcooliques et de la production de la force motrice à bon marché.

L'inconvénient de nos appareils est de ne fonctionner que par intermittences. Mais peut-être est-il possible d'employer les rayons du soleil à créer en abondance un combustible précieux pour les pays chauds. Ce combustible résulterait de la décomposition de l'eau par la pile thermoélectrique. L'hydrogène et l'oxygène provenant de cette décomposition serviraient le premier à l'éclairage, le second à une foule d'usages industriels, et les deux gaz réunis constitueraient la source de chaleur la plus intense qui soit encore à la portée des métallurgistes. J'ajoute que la pile thermoélectrique offrant l'inconvénient d'exiger un long foyer, n'excède pas jusqu'ici la hauteur d'une flamme de gaz, tandis qu'elle peut recevoir des dimensions beaucoup plus grandes au centre d'un miroir conique.

Il est d'ailleurs toute une branche d'application que, faute de temps, je n'ai pu qu'effleurer à peine : je veux parler de l'industrie chimique. Déjà la distillation des alcools n'offre plus au soleil les mêmes dangers d'explosion que sur les foyers ordinaires. Je crois possible d'obtenir avec sécurité, par la concentration des rayons solaires, la préparation d'une foule de produits dangereux, la concentration de l'acide sulfurique, l'extraction des huiles et des corps gras par le sulfure de carbone, l'épuration des produits pharmaceutiques exigeant des précautions minutieuses, ainsi que la distillation, dans des alambics de verre, des essences et des parfums qui constituent l'une des plus grandes richesses des pays chauds.

Si vous jugiez utile, Monsieur le Ministre, de prendre ces nouveaux essais sous votre haute protection, je vous prierais de bien vouloir m'accorder une mission en Corse ou en Algérie avec l'indemnité que vous croiriez convenable pour la construction des appareils qui me seraient nécessaires. J'ai l'honneur d'être, avec le plus profond respect, Monsieur le Ministre, votre très humble et très obéissant serviteur ».

Cette fois-ci, je proposais deux nouvelles lignes de travail. Je voyais loin. Il me semblait qu'il fallait courir après le temps.

La force motrice issue du rayonnement solaire, sans être complètement domptée, avait fait une avancée considérable avec le grand réflecteur imparfait et mal fini des associés Mignon et Rouart. Nous avions eu « la glace du soleil », et nous avions saisi de surprise et d'amusement le monde entier. Pourtant, l'avenir de la belle énergie propre et libre du soleil, je le pressentais confusément, ne pouvait être circonscrit à la vapeur.

Le soleil, comme je le rappelais au ministre, pouvait activer une Pile Clamond, dont le premier exemplaire vraiment fonctionnel venait d'être installé rue Saint-Ambroise, à Paris. Nous étions, pensaient certains, à l'aube de la « *thermoélectricité* », la génération de courant électrique par l'échauffement d'un couple conducteur de deux métaux associés.

Comme l'avait écrit la presse enthousiaste, au moment où une société à plusieurs millions se constituait sur le brevet, « grâce à cette invention, la question de l'éclairage électrique appliqué aux habitations semble complètement résolue ». Vous imaginez que j'avais suivi attentivement, depuis les premiers essais concluants vers 1869, toute cette évolution. Car combien d'électricité pourrait-on produire, sous une météo favorable, avec de grands miroirs solaires ? A Alger, par exemple, en une seule journée, quel courant électrique considérable serait-il possible d'obtenir avec de simples piles Clamond placées sous des réflecteurs solaires ? Il y avait là, me semblait-il, plus qu'une simple promesse. L'énergie solaire pouvait désormais accompagner la « fée électricité », dont nous étions nombreux à savoir qu'elle allait rendre d'immenses services dans l'avenir proche, et dont les usages se dessinaient chaque jour devant nos yeux.

Je dois admettre, aujourd'hui, que j'ai été très optimiste à cette époque… Et ma lettre au Ministre révèle, pour partie au moins, la logique à laquelle je souscrivais alors.

Le soleil, non content de nous inonder de sa bienfaisante chaleur, allait se transmuer en courant. Et ce courant, avant que nous ne puissions trouver le moyen de le garder au cœur de la nuit, pourrait déjà faire fonctionner les premiers moteurs électriques de force dont on parlait. Ou surtout, comme je l'écrivais, le courant électrique pourrait décomposer l'eau, ainsi que cela avait été découvert au début du siècle, dès la présentation de la première pile de Gaetano Volta. L'hydrogène était la porte de procédés industriels d'une puissance phénoménale. Et je me pinçais presque pour savoir si je ne rêvais pas, tant il me semblait que la chaleur solaire ouvrait un espace de disponibilité presque infini à l'ensemble de ces merveilleux et si utiles procédés…

Et puis, plus simplement, je le pensais et le défendais aussi, il restait toute la chimie des températures plus ou moins élevées. Si simple, si sûre au soleil. Quoi qu'il advienne, me suis-je dis, je m'en souviens, lorsque j'ai porté ma lettre au ministère ce 28 novembre 1878, je n'aurai pas l'occasion de beaucoup chômer…

Tours et le lycée me semblaient bien loin désormais. Maurice m'avait écrit très gentiment après les succès de l'Exposition Universelle. « Le soleil d'Indre-et-Loire est orphelin... J'observe et décris presque chaque jour mes nuages en me demandant s'ils survoleront mon précieux ami et savant collègue, Augustin Mouchot, devenu le pasteur des doux et forts rayons du soleil… » Il me manquait, Maurice, avec les enfants, et

Joséphine, leur amitié paisible et chaude. Mais je me languissais, déjà, des chaleurs de l'été d'Algérie. Abel viendrait sans doute cette fois-ci, et nous avions déjà projeté une tournée : Oran, Bône, Constantine...

Moins de deux semaines plus tard, le 11 décembre, je reçu un avis favorable. Tout serait signé en janvier, car les crédits étaient épuisés. Mais j'avais ma nouvelle année ! Et une somme à venir qu'il me faudrait préciser. Les miracles continuaient.

Je partis comme un fou à Semur-en-Auxois et à Vignes, où je restais plusieurs jours avec mon vieux père. Le sol froid de ma Bourgogne natale me brûlait les pieds et, au lendemain de Noël, je filais vers Marseille.

Le cœur en fête, je commençais la nouvelle année 1879 à Alger.

X I X

L'Exposition Universelle, comme tous les grands évènements, me laisse aujourd'hui, d'où je suis et quand j'y repense, comme un sentiment d'étrange irréalité.

J'avais eu l'impression, au moins jusqu'à l'achèvement du grand réflecteur, de courir chaque jour après l'autre. Et je n'avais vu, entre les plans et les notes de Mignon et Rouard, que des enfilades de machines, la foule désordonnée d'une gigantesque foire populaire, et l'eau qui se transformait en vapeur, dans nos petits bouilleurs du Champ-de-Mars, chaque jour de soleil.

Qu'avions-nous réalisé au juste, avec Abel ? Un amusement ? Une avancée décisive ? Quelques pas de fourmi sur la grand-route de l'histoire humaine ? Je ne l'ai jamais su et je l'ignore encore.

Quelques années plus tard, lorsque je suis rentré à Paris, vers 1885, le gros volume illustré intitulé *Les Merveilles de l'Exposition de 1878* m'est passé entre les mains. L'un des ses rédacteurs y avait fait trois pages sur l'utilisation de la chaleur solaire.

« La plus récente des inventions, plus pratique que le téléphone, dont le fonctionnement régulier sera toujours à la merci d'une perturbation atmosphérique, bien supérieure au phonographe qui n'est qu'une curiosité ».

Il y a toujours de quoi se bidonner avec les prévisions de l'avenir qui surgissent du passé !... Mais là, c'est vrai, j'en ai encore aujourd'hui un peu les dents qui grincent... Le téléphone serait toujours à la merci d'un orage ! Et l'enregistrement et la diffusion du son et de la musique ne seraient qu'une curiosité ! Alors que le solaire, lui, serait le futur assuré... Ce rédacteur solairement optimiste concluait par une envolée.

« Franklin a pris la foudre ; les aéronautes ont pris le ciel, et voilà que M. Mouchot prend le soleil ! »

Evidemment, je n'ai pas pris grand chose, en réalité. Et même rien, à tout dire. Mais au final, vous le savez mieux que moi, l'histoire n'est pas morte... Les révolutions de vie et de transformation du monde des hommes qu'ont ouvert le téléphone et le phonographe ne se sont pas réalisées en un jour... Il a fallu des décennies pour aboutir aux écouteurs d'oreilles et à l'assistant vocal qui, instantanément, à l'autre bout du monde, vous mettent en relation avec votre grand-mère, votre employeur, le grand amour de votre existence…

L'énergie solaire, elle, depuis près de 150 ans, a été mangée par le charbon et par le pétrole, avec les conséquences que vous connaissez. Mais qui peut dire si vos enfants, et vos petits-enfants, ne parleront pas avec les mots qui nous brûlaient déjà les lèvres, Abel et moi, au terme de cette première et incroyable aventure parisienne ? Qui peut savoir si ce qui fait sourire aujourd'hui encore ne sera pas la vérité et la prophétie de demain ?

Ainsi, en 1879, ce rédacteur des *Merveilles de l'Exposition*, prospectiviste et futurologue auto-proclamé, osait-il une conclusion qui demeure exacte dans les grandes lignes. Après avoir retracé mon parcours en Algérie, mes résultats, il déclamait qu'il faudrait, je le cite mot à mot, que « les Algériens fussent singulièrement brouillés avec eux-mêmes » pour ne pas tirer toutes les plus belles conclusions possibles de mes résultats.

Il ajoutait, en enfonçant le clou :

> *« Pour ces pays et même pour beaucoup d'autres d'une latitude plus élevée, à plus forte raison pour ceux d'une latitude moindre, par conséquent pour une très-notable partie de la surface du globe, l'invention de M. Mouchot équivaut donc à la découverte d'innombrables et d'immenses gisements de charbon, (que dis-je là !) à la découverte d'un universel et inépuisable approvisionnement de combustible.*
>
> *Et cela n'exprimant encore qu'un côté des choses. Il faut noter que cette somme de chaleur est gratuite, c'est-à-dire qu'elle ne donne lieu à aucune dépense d'exploitation, qu'on en use sans travail et qu'elle se rend d'elle-même où on a besoin d'elle.*
>
> *Est-ce tout ? Nullement. Ajouter qu'avec cet invraisemblable procédé de chauffage il y a ni fumée ni odeur, que les appareils ne s'encrassent point, etc. Mais devant les avantages précédemment énoncés, ceux-ci, malgré leur importance, deviennent tout à fait négligeables.*
>
> *Si un jour les tropiques n'élèvent pas de statue à M. Mouchot comme à un bienfaiteur, les tropiques seront des ingrats ».*

La statue mise à part, tout cela n'était pas si mal dit. Car, je le pense toujours aujourd'hui, l'ensemble de ce qu'il avançait, et particulièrement cette idée d' « un universel et inépuisable approvisionnement de combustible », était exacte.

Certes, le moteur solaire est, en toute rigueur physique, un moteur « sans combustible ». Mais il est de même, et d'un autre côté, comme le soulignait ce chroniqueur, un moteur à fonctionnement éternel et infini. Son carburant, pour ainsi dire, est le fonctionnement même de l'univers.

Et de mon côté, en ce début 1879, bien que simple professeur de physique du secondaire et très mauvais futurologue, alors que les blanches façades d'Alger s'allumaient chaque matin à ma fenêtre, j'aurais assurément signé ce papier des deux mains.

X X

La vie à Alger, je dois l'avouer, après ces mois de Paris et d'urgences continuelles, m'a semblé bien douce. J'ai eu un peu l'impression de revenir vers un autre Chez Moi.

Je connaissais désormais les confins du Sud, j'avais respiré les poussières de l'Est à l'Ouest de ce beau pays de feu. Je n'étais pas un Algérien, certes, mais je n'étais pas tout à fait non plus l'étranger aux chaussures de boue grasse qui avait débarqué deux ans plus tôt. Les usages locaux, la vie si colorée de cette rive de notre mer commune m'étaient devenus familiers. Tours, cette autre ville blanche, appartenait au passé, avec ses pluies et ses brumes.

Dès le début d'année, je me suis mis au travail. Les idées, que j'avais jetées en hâte dans ma demande de nouvelle mission, me brûlaient la tête. Il ne s'agissait plus désormais de valider la chaleur solaire, mais de s'en servir activement, pour des applications modernes, l'électricité et la chimie, en sus bien entendu de la force mécanique dont nous avions prouvé à Paris la disponibilité et les pompes.

J'avais de nombreux nouveaux correspondants, et Abel, surtout, qui prévoyait déjà sa venue, et qui composait des appareils de démonstration et d'irrigation. Abel, j'y reviendrai, ne tenait pas plus en place que moi. Là où je cherchais les procédés solaires du futur, il voyait lui leur commercialisation : l'Algérie, avant l'Afrique toute entière, couverte de pompes solaires. Puis la distillation, la torréfaction, les huiles solaires industrialisées, et les cuiseurs pour campement vendus par centaines aux armées des déserts. C'était toute une nouvelle branche commerciale que nous allions porter, ensemble me disait-il.

En attendant, plus j'étudiais la question de la pile thermo-solaire, plus le crédit bien modeste qui m'avait été alloué m'apparaissait insuffisant. Clamond, avec son brevet, avait fait en effet une belle opération. Au début de l'année 1879, une société s'était créée en quelques jours, avec l'exclusivité des procédés pour le monde entier. Et il ne semblait pas vouloir du coup céder ses appareils pour rien !

J'avais moi-même, avant mon départ, été voir à Paris sa première pile rue Saint Ambroise. C'était un grand cylindre rond d'un mètre de diamètre, sur 2 mètres cinquante de haut, à la base duquel on allumait un foyer de charbon. L'air chaud, circulant au centre du cylindre, chauffait des plaques rayonnantes de fonte, qui elles-mêmes allaient activer des cubes de métal mi antimoine mi zinc, des cubes reliés entre-eux par des lames de fer blanc soudées. L'ensemble des 100 cubes formait deux chaines électriques continues, qui chacune, avec 10 kg de charbon par heure, pouvait fournir l'électricité d'éclairage équivalent à 40 becs de gaz ! Que n'allait-on faire, me disais-je, avec de la chaleur solaire bien concentrée et dirigée vers ces piles !

Au début mai de cette année 1879, si ma mémoire ne me trahit pas, il y eut même une communication à l'Académie des Sciences sur le thème. Clamond travaillait depuis 1870, mais il n'était désormais plus seul. L'électricité par le chaud, sans transports sur de longues distances, par une autre voie que les machines dynamo-électriques que Zénobe Gramme avait proposé peu avant, avec leurs alternateurs, c'était une voie prometteuse ! Pas de chimie comme dans les piles à liquide, avec leurs odeurs dangereuses. Pas de perte dans le transport, une construction plus simple et moins coûteuse que les bobines à aimant de Gramme…

Ces piles électriques Clamond en un mot, pronostiquaient certains, signifiaient déjà la résolution du problème de l'éclairage domestique ! Et donc bientôt, pourquoi pas, des moteurs de force, et du labourage électrique, lequel avait déjà été testé à Sermaise, dans la Marne, sous le patronage du ministère de l'Agriculture ! Et où mieux qu'en Algérie ce labourage par l'électricité thermique serait-il alimenté sans combustible, c'est-à-dire par le seul soleil ? Cette terre si brûlante l'été n'était-elle pas le meilleur terrain d'essais et de tests ? Il fallait seulement pour cela réussir à mettre cette pile au centre de l'un de nos réflecteurs, faire du sur-mesure, la dimensionner correctement, régler l'afflux de la chaleur, évacuer le trop plein. En un mot essayer, tâtonner, expérimenter.

Abel voyait de son côté le devenir solaire dans l'irrigation, le broyage, la calcination, la cuisson, la distillation des alcools, c'est-à-dire les procédés déjà bien acquis, qu'il souhaitait désormais basculer dans le monde de la vente et du produit commercial. Il réfléchissait au montage et démontage des appareils, à un échantillon de tailles, de modèles, et il m'écrivait presque chaque semaine sur ses avancées.

Nous avions ainsi l'un et l'autre notre domaine et notre « *demain* » avec l'énergie solaire. Le sien était dans la généralisation et la vente au monde entier. Le mien dans la poursuite de l'exploration des applications nouvelles, de la conversion électrique et des potentialités chimiques de la chaleur solaire. Sans converger complètement, nous nous complétions. Mais à tous deux, il nous manquait les moyens.

Je me souviens d'avoir été sur ma terrasse d'Alger, au milieu du mois de février 1879, lorsque qu'Abel me transmit une mise en demeure du Commissaire Général de l'Explosion Universelle, l'ingénieur sénateur Krantz, notre soutien en fin de compte, avec quelques vagues, durant l'année précédente.

« Monsieur, Je vous serai très obligé de procéder le plus tôt possible à l'enlèvement de votre appareil pour l'utilisation de la chaleur

Voilà qui tombait mal. Le grand réflecteur solaire, effectivement, était resté en place. Pris par le futur, puis par ma nouvelle mission, je m'étais embarqué dans l'urgence en décembre, en renvoyant aux beaux jours ce que nous pourrions faire de l'exceptionnelle et inédite machine. Abel m'avait parlé de domaines viticoles de son Bordeaux natal qui pourraient acquérir l'engin, du musée des Arts et Métiers où il aurait toute sa place, de l'importance, aussi, de ne pas dilapider nos brevets à Mignon et Rouard, qui s'étaient montrés plus ou moins intéressés. J'avais coupé court, et sauté dans mon bateau pour l'Algérie. Mais le caillou ressortait, en ce mois de février, de la chaussure... Et avec la maigre subvention qui m'avait été accordée, 5.000 francs (à peine plus de 15.000 de vos euros), je me voyais mal acquérir une pile thermoélectrique de Monsieur Clamond, construire des réflecteurs pour les applications chimiques, et remiser en lieu sûr cette grande oreille à soleil pour l'Histoire et la postérité !

Abel répondit au Commissaire Général dès le lendemain, par l'une de ses lettres d'excuses dont il avait le secret. Il fallait éviter les protestations officielles, les critiques qui, remontant à la presse, auraient pu venir déconsidérer toutes nos belles avancées.

Dans les jours qui suivirent, Abel courut Paris en tous sens pour s'ingénier à remiser la machine. Le démontage ainsi que le transport, avait-il calculé, serait payés par l'ossature et les planchers de la plate-forme, qui seraient abandonnés. Nous allions ranger en morceaux le grand miroir de six mètres de diamètre. Et peut-être serait-il possible, dans l'avenir, de réutiliser des éléments, en restaurant le placage abîmé par endroits et en retaillant en plus petits les gigantesques pétales. La chaudière, au moins pour partie, pourrait, elle-aussi, fournir des tubes et de la plaque de cuivre pour des cuiseurs de plus faibles dimensions. Quant à la pompe et au petit moteur à vapeur, ils seraient facilement revendus et paieraient les premiers mois de remisage.

Abel trouva un coin dans de vastes ateliers, à deux encablures du parc du Luxembourg, 24 Rue d'Assas. L'endroit lui semblait déjà idéal pour l'usine à appareils solaires dont il rêvait. Les frères Carré, Ferdinand avec sa machine à froid et son frère, avaient occupé les lieux jusqu'en décembre, mais le bail était pendant. Dans l'attente d'un déménagement du matériel des frères ingénieurs, notre grande fleur solaire en morceaux pourrait en toute quiétude y prendre la poussière. De fait, deux ans plus tard, à peine au printemps 1881, Abel y installa son entreprise. Elle digéra les grands pétales de 1878, comme tout le reste d'ailleurs, j'y reviendrai.

Mais nous étions quoi qu'il en soit, en ce début 1879, à peu près sans le sou. Le printemps s'annonçait à Alger et j'en aurais pleuré d'impatience.

Pour me distraire, j'avais alors pris l'habitude, trois fois la semaine, de me rendre au café d'Apollon, place du gouvernement, à l'heure de l'anisette du soir. Fonctionnaires et militaires, métropolitains de passage et colons, y composaient une petite société assez conviviale, sous les orangers de la terrasse ou dans la grande salle à l'orientale les jours de pluie.

Un soir de ce début février, alors que je pleurais mon manque de moyens, l'avocat Gastu était entré. Député depuis deux ans à peine, en veine sans doute de publicité, il avait, quelques anisettes aidant, lancé à la cantonade son désir d'aider la science et l'Algérie par l'entremise de ma modeste personne. Il allait faire pétition, cela était certain. Dès le début de la nouvelle session parlementaire, et dès son retour à Paris, il rassemblerait des confrères en ma faveur. Il connaissait ainsi personnellement, par les républicains de gauche, Anatole Hugot, maire de Montbard et député de ma chère ville natale de Semur-en-Auxois, s'exclama-t-il devant le petit auditoire du soir.

« C'est un 'pays', comme l'on dit, un Bourguignon comme vous ! Il ne refusera pas de vous aider cher Mouchot ! Et puis j'enrôlerai les députés Gaston Thompson pour Constantine, et Jacques Rémy pour Oran ! Et même peut-être Marmottan, le médecin, que je connais bien aussi, et qui ne jure que par le soleil et ses bienfaits ! Nous allons écrire à votre ministre, qu'il ouvre sa bourse ! Mouchot, vous avez délaissé la Corse où vous auriez pu vous rendre pour vos expériences. L'Algérie vous doit donc de la mettre en valeur et en honneur ! Rédigez votre demande, puis vous demanderez à votre jeune secrétaire parisien de porter le courrier, et je ferai passer ! Nous appuierons ! »

Il le fit.

Je n'ai jamais été très passionné des politiques, et j'ai toujours préféré de loin la compagnie de mes réflecteurs et de mon solaire. Mais je dois reconnaître que ma nouvelle popularité portait des fruits surprenants. Tous les députés cités signèrent ma demande de doublement de mon indemnité, ou un peu plus, 12.000 francs (50.000 de vos euros). Et ce fut Anatole Hugot, de la Côte d'Or, qui prit la plume pour un mot d'accompagnement. La lettre fut portée le 26 mars 1879.

« Monsieur le Ministre, J'ai l'honneur de vous faire parvenir ci-inclus une demande de mon compatriote M. Mouchot. M. Mouchot est l'infatigable et modeste chercheur que tout le monde scientifique connaît déjà. Son invention n'est encore qu'à l'état d'ébauche, il s'agit de la compléter et l'intention de M. Mouchot est de poursuivre en Algérie ses essais d'applications industrielles de la chaleur solaire.

Pour mener à bien cette entreprise qui, dans un avenir prochain, peut rendre d'énormes services à notre colonie, l'indemnité de 5.000 francs qui a été accordée est complètement insuffisante. J'espère, Monsieur le Ministre, que vous voudrez bien accorder à Monsieur Mouchot l'augmentation qu'il sollicite de votre bienveillance.

Veuillez agréer, Monsieur le Ministre, l'assurance de ma considération la plus distinguée ».

On m'appuyait et on signait pour la chaleur solaire. D'autres que moi, décidément, y croyaient de plus en plus. Mais le coup tomba à plat. Dès le 12 avril, le cabinet de l'Instruction publique m'annonça que tous les crédits étaient engagés. On m'ouvrait simplement en avance les 2.500 francs restant de mon indemnité. L'abbé Debaize, lui, avec son projet de traverser l'Afrique Centrale d'Est en Ouest, avait obtenu des missions de l'Instruction Publique 100.000 francs, soit 400.000 de vos euros. J'enrageais. J'allais devoir faire avec.

Mais pour la pile Clamond, pour les nouveaux appareils, je ne pouvais plus reculer me semblait-il.

Au milieu de tout cela, le 18 février 1879, mon père s'est éteint dans sa petite maison de Vignes. Malgré le labeur, les épreuves, il avait presque traversé le siècle. Avec Saturnin, mon jeune frère qui allait sur ses trente ans et avait repris l'atelier de Semur pour ses travaux d'horlogerie, et Marie-Adèle, ma sœur, devenue sœur Adelaïde, nous l'avons porté en terre une semaine plus tard. Notre grand frère Joseph, le serrurier, comme papa, était parti avant lui au cœur de l'été, deux ans plus tôt.

Je n'avais pas encore cinquante-cinq ans, mais il me semblait déjà que la fin me talonnait. D'ici peu, peut-être, tout s'arrêterait. En mai, avec l'accord de Marie-Adèle, je décidais de gager d'une hypothèque la petite maison.

Le solaire, me dis-je, irait au firmament. Ou bien il m'entraînerait dans la ruine.

X X I

La vie est une courbe irrégulière dont les hauts et les bas ne se projettent pas tous sur les mêmes plans. Et il faudrait bien plus que trois dimensions pour en représenter la figure géométrique.

Je crois ainsi que l'année 1879 a marqué pour moi le début d'une étrange sinusoïde. L'intérêt de travailler et de vivre avec les rayons du soleil était entré en une nouvelle résonance. Les projets n'étaient plus seulement les miens. Les concentrateurs solaires pouvaient devenir, peut-être, la solution de nouveaux défis que certains se promettaient de conduire à travers le désert.

Le capitaine géologue Elie Roudaire et le colonel Flatters, que j'avais tous deux côtoyés durant l'été 1878 de l'Exposition, étaient des porteurs de ces projets. Le premier, Roudaire, partit le 27 novembre 1878, deux mois avant mon retour à Alger, pour une troisième expédition de repérage à la frontière algéro-tunisienne. Il ignorait qu'il n'y retournerait qu'une seule fois, cinq ans plus tard. Ferdinand de Lesseps, le promoteur si célèbre du Canal de Suez, et plus tard de celui de Panama, l'accompagna quelques jours. Visionnaire et affairiste tout à la fois, De Lessseps poussait de son côté, activait les investisseurs, possédant personnellement de belles propriétés dans la Tunisie qui l'avait vu naître. La « mer intérieure du Sahara » verrait le jour si les relevés de niveau d'Elie Roudaire et de son équipe étaient positifs.

Ils furent, au final, pour le moins, ambigus. Roudaire se battit alors comme un beau diable. Mais les avis, les rapports et les motions défavorables, même après son ultime repérage, s'accumulèrent. Le ministère des Travaux publics, puis l'Association Française pour l'Avancement des Sciences, l'abandonnèrent. Et il mourut seul, dans sa petite province de Guéret, au centre du département de la Creuse, au début de 1885.

Je l'ai vu plus d'une fois à Alger, parfois au bar de l'Apollon, comme le colonel Flatters d'ailleurs. Son calme rêveur cédait la place à une verve communicative lorsqu'il vous évoquait la mer de Triton. C'était d'elle, affirmait-il, que provenait ce vilain pseudo-désert salé des Choots de l'extrême Est algérien. Il pouvait, assurait-il, ressusciter cette mer, noyer ces méchantes terres infertiles pour faire surgir de nouveaux rivages, pour un climat adouci par l'eau, pour des palmiers revenus jusqu'au premier tiers du Sahara.

Je m'amusais de sa passion. Et mon attention le toucha assez, je crois, pour qu'il s'intéresse lui aussi à mon travail. Mes cuiseurs, particulièrement, retenaient l'homme de campagne et du repérage cartographique de l'immense sud algérien qu'il avait été. « Ces appareils peuvent être fort utiles pour purifier l'eau, mon cher Mouchot. Et pour cuire sans combustible notre rata quotidien ! », me disait-il.

Il décida ainsi d'emmener un cuiseur solaire dans son expédition de 1878, et il me félicita de son fonctionnement, dès son retour, quelques semaines plus tard. J'ai repensé à lui assez souvent, à son obstination. Nous avions un peu partagé ce goût de l'idée fixe, du projet d'une vie qui vous emporte, au risque de la noyade. Je ne me suis pas noyé pour ma part. Mais comme lui, au final, j'ai fini abandonné sur le rivage.

En cette année 1879, pourtant, j'avais encore le regard pointé sur l'horizon. J'oubliais mes poches vides et, dès le début d'été, je commandai un appareil puissant doté d'une chaudière de 30 litres, et corrigé des défauts du grand concentrateur solaire de 1878. Abel avait proposé de segmenter en trois secteurs distincts la coupole, pour mieux concentrer les rayons sur les deux-tiers inférieurs de notre pistil, qui se trouvait réduit de taille du même coup. Cette évolution, pensait-il, aurait des effets d'usage pratique et de coût non négligeables. Je ne demandais qu'à voir.

Abel avait contribué à résoudre, en 1878, les problèmes de notre grande machine, le poids de la chaudière et les facilités d'orientation notamment. François Prosper Jacqmin, polytechnicien et directeur des Chemins de Fer de l'Est, l'avait un peu aidé. Abel savait s'entourer et prendre le meilleur de chacun. Et il continuait donc, en cette année 1879, à apporter ses propres innovations aux usages des cuiseurs et moteurs solaires. Il vint, dès la mi-septembre, me retrouver en Algérie.

A Constantine, à Bône, puis à Alger, il multiplia les démonstrations jusqu'à la fin d'octobre. Avec un appareil de moins d'un mètre de diamètre, il réussit ainsi à démontrer que nos appareils utilisaient désormais les 2/3 de la chaleur solaire qui atteignait le sol. Quelques calculs et règles de trois plus tard, nous pouvions affirmer que, selon les chiffres du professeur Violle de Grenoble, qui était venu faire des mesures de rayonnement solaire dans le Sud algérien, en 1877, l'année de mon arrivée, notre chaudière pouvait absorber 10 à 12 calories par mètre carrés et par minute.

Sachant que 635 calories sont nécessaires pour porter un litre d'eau aux cinq kilogrammes de pression nécessaires à un moteur à vapeur ordinaire, avec 1 mètre carré, nous dépassions le kilogramme de vapeur à l'heure ! Pour moins de 20 mètres carrés, nous aurions donc 1 cheval-vapeur à l'arbre du moteur, soit 600 mètres cubes d'eau élevés à 3 mètres de hauteur par jour. Avec 5 mètres carrés, soit environ 3 mètres de diamètre sur l'un de nos troncs de cônes, cela était 150 mètres cubes !

Durant le mois d'octobre algérien de 1879, avec un réflecteur de 50 cm de diamètre, Abel fit tourner une petite machine à coudre à Alger une journée entière.

C'est vers la même date que le colonel Flatters fut officiellement chargé de la première expédition pour le projet du chemin de fer transsaharien. La France commençait à rêver un ruban de fer s'étendant d'Alger à Tombouctou, et même peut-être un jour Dakar. Le sud et le nord du Sahara réunis, pour la plus grande gloire du commerce et de l'empire colonial.

Je n'étais point un fanatique de l'idée, qui promettait d'engloutir entre un et deux milliards de vos euros. Le grand désert-océan et ses habitants allaient-il voir surgir des gares près des oasis ? De nouvelles villes-stations allaient-elles pousser près des nouveaux forages nécessaires à l'eau des locomotives ? Par où et comment se franchiraient les montagnes du Hoggar, qui fermaient la route du Niger et l'accès à la vaste Afrique sub-saharienne ? Les questions, déjà, bousculaient bien des esprits et des repères.

Abel, lui, voyait une opportunité sans pareille. Dès le mois de mai 1879, à la Société des Etudes Maritimes et Coloniales, il évoqua le potentiel du solaire au Sénégal, pour la purification de l'eau et le pressage des arachides. Cette première conférence fut remarquée et reprise par plusieurs journaux et publications. En septembre, à Montpellier, au Congrès de l'Association Française pour l'Avancement des Sciences, il fit fonctionner un cuiseur solaire, puis il défendit les usages du soleil comme source thermique et force motrice sans pareille, notamment dans les pays des Suds qui s'ouvraient à la France.

On lut dans le Compte-Rendu annuel de l'association que 65% de la chaleur solaire était absorbée par nos appareils, et que « le rapport de la chaleur obtenue ainsi à la chaleur obtenue au Chili au moyen de la houille était de 1/80 ». Et si le soleil était quatre-vingt fois moins cher à l'extrême sud des antipodes, c'est qu'il l'était partout ailleurs sous les tropiques, même si dans une moindre mesure…

Abel était devenu membre de cette vénérable association, qui nous avait aidés en 1878, et dont la devise annonçait sans détour travailler « Par la Science, Pour la Patrie ». Les journaux reprenaient, tel *Le Midi, Journal Républicain Libéral* du 5 septembre.

A la fin de l'année 1879, dans le *Bulletin de la Société Languedocienne de Géographie*, Abel fit paraître un *Mémoire sur les appareils solaires et les services qu'ils pourront rendre dans les travaux et l'exploitation du chemin de fer du transsaharien*. La dizaine de pages de plaidoyer était clôturée par deux tableaux énumérant les tailles de réflecteur et de chaudière de six appareils domestiques et de quatre appareils industriels, de 1/4 de mètre carré de réflecteur, 1,5 litres de chaudière et un demi-litre d'eau distillée à l'heure, à 25 mètres carrés, 100 litres de chaudière et 28 litres d'eau impure rendue consommable en une heure d'ensoleillement.

Abel Pifre, mon jeune assistant débutant de l'année précédente, prenait son envol. L'actualité le portait. Et il y appliquait, avec méthode, nos principaux constats et résultats.

L'énergie solaire, démontrait-il tout d'abord, avait en effet en ce qui concernait le train transsaharien une utilité certaine de cuisson des aliments et de satisfaction des ingénieurs et ouvriers qui travailleraient sur l'immense chantier. L'ingénieur Duponchel, qui avait proposé le premier tracé, parlait de 12.000 personnes. Devant cette éventualité, Abel énumérait donc ses tailles de cuiseurs-pompeurs-distillateurs. Nous étions presque, déjà, dans la réclame, le catalogue.

soleil brûlant, une colonne d'expédition s'arrêtant pour bivouaquer, près d'une source, n'y trouvait souvent aucun bois, aucune herbe pour la cuisson de sa nourriture. On était obligé de s'écarter parfois très loin du camp pour recueillir des broussailles, quelques touffes d'alfa.

Comme au milieu de ce dénuement la chaleur du soleil ne fait généralement pas défaut et devient même accablante, c'est elle que nous allons charger de venir au secours des voyageurs pour faire cuire leurs aliments, préparer leur café, au besoin distiller un verre d'eau de vie.

Nous avons disposé un appareil, dit de caravane, qui se démonte très facilement. Il est renfermé avec tous ses accessoires dans une boîte de 53 cm de hauteur sur 55 cm de largeur, 47 cm d'épaisseur, servant elle-même de pieds à l'appareil. Le tout pèse 15 à 20 kg. Cet appareil, dont le réflecteur a 1 m de diamètre, se monte et se démonte en trois minutes ; il peut servir à préparer les aliments pour cinq ou six personnes ; la boîte est munie d'ustensiles pour tous les genres de cuisine, pot-au-feu, bouillotte à ragoût ou à légumes, broche pour les rôtis, support pour les œufs, cafetière, et au besoin alambic. On peut mener de front trois opérations à la fois, comme une cuisinière ayant à sa disposition trois feux sur un même fourneau. Suivant le genre de cuisine, l'opération dure d'une demi-heure à une heure ; en trois quarts d'heure on peut rôtir plus d'1 kg de viande. Le pot-au-feu a une contenance de 3 litres et demi, ce qui est très suffisant pour cinq personnes.

Nous ne croyons pas nous tromper en disant que cet appareil, espèce de fourneau sans feu, offrira une ressource des plus précieuses aux ingénieurs explorateurs qui partiront en avant pour étudier le tracé du chemin de fer et éclairer la voie du gros de l'armée des travailleurs. Le poids et le volume de la caisse sont assez faibles pour qu'on puisse en prendre deux parmi les bagages d'une caravane de 10 à 12 personnes ».

En outre de la cuisson, enchaînait Abel, le soleil était l'allié incontournable de la purification de l'eau.

« Beaucoup des sources ou des nappes souterraines de l'Algérie et de l'intérieur de l'Afrique ne donnent que des eaux impures, saumâtres, chargées de sels magnésiens et autres. Ces eaux sont impropres à la boisson, nuisibles à la santé, répugnantes au goût, et cependant ce sont souvent les seules qu'on soit exposé à rencontrer.

Le seul remède, c'est de les distiller ou au moins de les faire bouillir ; c'est encore la chaleur solaire qui se charge de le faire le plus économiquement. L'appareil de 2,50 mètres de diamètre peut distiller 6 litres d'eau par heure, sans autres frais que ceux de surveiller de temps en temps l'orientation de l'appareil. Le récepteur de 5 mètres de diamètre distille jusqu'à 25 litres à l'heure ».

Le constat semblait imparable. L'énergie solaire donnerait l'eau là où elle manquait le plus. Et pas seulement par la distillation, ajoutait-il pour finir.

« Enfin, une dernière application que nous signalerons, c'est l'emploi de nos appareils pour actionner une machine à vapeur et faire fonctionner des pompes ».

Un an après la grande validation de 1878, une nouvelle ère s'annonçait. L'activisme qu'amenait à la cause de l'énergie solaire Abel, n'était pas celui d'un savant, mais l'impatience d'un jeune ingénieur à qui s'ouvrait la vie. Il avait l'âme d'un entrepreneur. Il le prouva dans les quatre années qui suivirent puis tout au long de son existence.

Quoi qu'il en soit, son plaidoyer pour l'association de l'énergie solaire à la cause du chemin de fer transsaharien toucha juste. Trois mois après la parution de son article, le 19 février 1880, le ministère des Travaux Publics décidait de nommer une commission chargée d'examiner l'utilité et les performances de nos appareils.

L'énergie du soleil, au Sahara plus qu'ailleurs, était assurément l'avenir. Nous étions confiants.

XXII

Deux personnes accompagnent pour toujours le souvenir de ces derniers mois dans mon Algérie pleinement heureuse. Elles sont deux repères de ma vie, dans le clair et le sombre.

Abel Pifre, je l'ai dit, était le premier à bousculer depuis notre rencontre le fil régulier dans lequel s'était coulée mon existence. Après les mois intenses et en commun de 1878, et malgré ses courriers très réguliers, puis mon retour en métropole aux obsèques de mon père au début du printemps 1879, je sentais à Alger comme une espèce de vide. Sa présence et sa jeunesse me manquaient. L'appareil amélioré que nous avions commandé n'arriva qu'au début du mois de novembre 1879, et je ne pus travailler en l'attendant qu'avec les premiers concentrateurs solaires des années précédentes.

C'est dire combien sa venue début septembre, puis sa petite tournée promotionnelle algérienne, me comblèrent. Je ré-émergeais, me semblait-il, d'une parenthèse de quatre mois de chaleur écrasante et de torpeur. *Le Progrès de Lyon*, dans son édition d'Alger, annonça sa venue comme une promesse.

« C'est une bonne fortune pour Alger et pour l'Algérie, que de suivre depuis son origine et dans ses développements successifs, une science nouvelle, qui peut avoir des effets si considérables pour l'industrie, et qui est appelée à résoudre tant de problèmes

Nous avons eu des centaines d'auditeurs durant cet automne de soleil clair, je m'en souviens. Abel est allé à Philippeville, à Orléansville, à Oran, en plus d'Alger et de Bône. Les propriétaires agricoles, les ouvriers des champs, les employés de l'administration étaient parmi les plus curieux. Plusieurs souhaitaient acquérir très vite un appareil solaire, souvent pour l'ébullition ou le chauffage quotidien, et quelques-uns, déjà, pour l'irrigation.

Les Algériens natifs, qui avaient si bien accueilli mes expériences dans les villages durant ma première tournée de 1877, se tenaient en retrait. Mais des murs où ils se juchaient, des bords de haies où ils s'étaient accroupis, je surprenais des regards intenses. Ils me faisaient songer à ceux de l'Emir Abd El Kader, le grand dirigeant de leur résistance, qui avait rendu les armes sans être vaincu, puis, injustement emprisonné, été libéré par Napoléon III en 1852. En 1855 et 1867, Abd El Kader avait visité les Expositions Universelles de Paris, et soutenu aussi le projet du Canal de Suez, dirigé par notre ingénieur-entrepreneur national Ferdinand De Lesseps.

Comme Abd El Kader, les Algériens qui venaient à nos démonstrations, souvent laissés à la marge de leur propre territoire, ne me semblaient pas rejeter la modernité. Le soleil, ils le comprenaient intuitivement, ne pouvait leur être volé. Et même si il ne leur restait rien, les rayons d'or qui tombaient sans fin sur le désert pourraient, un jour, leur permettre de tout reconstruire.

Pierrette est entrée dans ma vie vers cette période. De cette longue année, toute entrecoupée et hachée d'attentes, elle est la plus belle lumière. Je l'ignorais alors, mais sa rencontre allait m'éclairer encore trente années plus tard, jusqu'à mes derniers moments.

Je ne veux pas raconter ici ma vie personnelle. Mais je dois rétablir des vérités qui ont été, il y a peu de temps, tordues et défigurées. Un professionnel de la plume, l'un de vos romanciers, a rempli en effet ses greniers d'une fable qu'il disait être mon histoire. Appétit de l'argent, gloriole, haine ou mépris de l'énergie solaire, j'ignore la raison pour laquelle il a nommé son triste personnage de mon nom. Car un Alphonse Rouchot, un Jean Minot, un Jacques Poulot auraient fait l'affaire de l'être fictionnel vivant des épisodes approchants des miens… Ils auraient incarné sans préjudice ce monstre malade, immonde et débile qu'il s'amuse, pour ses lecteurs, à décrire de longues pages durant. Mais cette personne n'était pas de bonne foi et a sali ma vie et celle de mes proches, traîné ma pauvre mère dans la fange, et Pierrette plus bas encore. Comme si je l'avais rencontrée en affreuse souillon-logeuse de cinquante ans, à Paris ! Alors qu'elle n'en avait pas trente, à Alger… Comme si ce rayon d'or n'avait été que méchanceté, grossièreté, saleté repoussante…

Pierrette est venue pour s'occuper de ma maison du quartier Climat de France à Alger dès 1877, puis ses drames, les circonstances de la vie, l'ont conduite à rester. Lors de mon infection des yeux, en 1880, elle m'a prodigué de longues semaines, avec patience, tous les soins que mon état réclamait. Puis nous sommes partis ensemble quelques mois plus tard, à Paris. C'est tout ce qu'il vous est suffisant de savoir. Elle était née Pierrette Boitier, de Sermoise-sur-Loire, pas très loin de mon Semur-en-Auxois natal. Et je l'ai épousée vingt ans après notre rencontre.

L'année 1879, après le retour d'Abel vers les brumes du nord, s'est achevée avec le nouvel appareil solaire, enfin disponible vers le milieu du mois de novembre. J'eu eu bien peu de temps pour l'expérimenter, le porte-monnaie presque vide, talonné par la fin de l'année de prolongation de ma mission. Depuis le mois d'octobre, inexplicablement, mon traitement annuel de professeur était passé de 2.000 à 600 francs, et il me fallait avancer, coûte que coûte.

Je passai le jour de Noël à finir mon rapport, qui partit le 26 décembre 1879. Trente-six pages. Le bilan complet du travail et des perspectives engagés depuis la fin 1878. Je débutai par un rapide rappel des objectifs.

« *Mon but était cette année de résoudre complètement le problème de la distillation des alcools et des essences, d'étudier les conditions les plus favorables à l'emploi de la chaleur solaire comme force motrice, et de constater, s'il était possible, les effets d'une pile thermoélectrique de forme convenable installée au foyer d'un grand miroir conique. Je devais en outre essayer au soleil diverses opérations de chimie industrielles réputées délicates, sinon dangereuses, sur les fourneaux ordinaires.*

L'examen attentif des deux grands appareils solaires que j'avais précédemment fait construire, et la discussion des résultats obtenus m'avait démontré la nécessité de modifier certaines parties de ces appareils, principalement la chaudière qui, n'ayant pas une chambre de vapeur suffisante, laissait tomber assez la pression. Je voulais de plus associer à cette chaudière un grand alambic muni de diverses pièces que j'avais jugées nécessaires pour mes essais.

Aussitôt les plans de ces appareils dressés, et mes instructions données aux constructeurs, je me hâtais de partir pour Alger, où je pus commencer le 5 mai les expériences projetées. Le beau temps presque continuel de l'année 1879 et les chaleurs torrides de l'été m'ont permis de mener à bonne fin ces expériences, sauf toutefois l'essai de la pile thermoélectrique que M. Clamond n'a pu me livrer encore ».

Je transformais un petit peu, bien entendu, la réalité. Mon retour dès décembre à Alger, puis les obsèques de mon pauvre père au printemps, étaient passés sous silence. Les temps d'attente, de doutes, ainsi qu'il se doit dans ce genre de prose, avaient glissé, invisibles, entre les lignes. L'important était l'image, le concret, et dès la page 2 je détaillais.

« *Afin de juger quelles opérations de chimie industrielle, je pouvais tenter avec des miroirs de 0,80 m de diamètre et d'environ 1/2 m² de surface d'insolation normale, j'ai commencé par mesurer les températures auxquelles il me serait possible d'atteindre par un beau soleil dans un temps relativement court.*

Or, un tuyau de plomb du poids de 500 grammes, placé dans un bocal de verre au foyer du miroir y fondait en moins de quatre minutes. Dans les mêmes conditions, un tuyau de zinc du poids de 200 grammes fondait en 25 minutes sur une partie de sa longueur. Comme la température de fusion est de 335° pour le plomb, et qu'elle varie, suivant les auteurs, de 412° à 500° pour le zinc, je pouvais donc essayer, dans le verre, avec assurance des opérations n'exigeant pas une température supérieure à cette dernière limite.

J'avais en outre à déterminer l'influence de la coloration des vases de verre sur l'ébullition de l'eau. Si grâce à l'emploi de miroirs convenables, les liqueurs colorées bouillaient sans difficulté dans un vase de verre incolore, il n'en est pas de même de l'eau pure qui se laisse alors instantanément traverser par les rayons du soleil sans en intercepter la chaleur, il faut donc, pour éviter cet écueil, recourir à l'emploi de verres colorés. En installant au foyer d'un miroir de 0,80 m des flacons de verre de diverses nuances, mais tous de même forme, et remplis d'un kilogramme d'eau à 20°, j'ai vu l'ébullition du liquide commencer à se produire dans le verre bleu clair en cinq minutes, bleu foncé en six minutes, jaune foncé en sept minutes, vert foncé en sept minutes, vert clair en huit minutes, jaune clair en huit minutes, tandis qu'un flacon de verre incolore mettait plus de 30 minutes pour amener l'eau pure à 100°.

Dans ces essais, comme le verre en contact avec le liquide en partageait la température, il m'est arrivé plus d'une fois de voir au moment de la plus vive ébullition, le col du flacon se couper au niveau de l'eau bouillante par le fait d'un coup de vent. Mais il m'a été facile de prévenir cet accident en protégeant le flacon, à l'aide d'un manchon de verre incolore, contre tout refroidissement subit. Pareille mesure était surtout nécessaire pour les opérations exigeant des températures élevées ».

Ma prose était-elle trop réaliste ? Je ne regrette pas, aujourd'hui, d'avoir dit ce détail, qui faisait me semblait-il la valeur simple de mes recherches.

Je continuais d'ailleurs en expliquant les différentes opérations chimiques que j'avais tentées, telle la fusion puis la cristallisation de l'alun, la fusion du benjoin, l'extraction de l'huile de lin, la concentration des sirops, le tranchage des liqueurs composées, l'application du procédé de Pasteur à diverses bouteilles de vins d'Algérie, le traitement du soufre, l'extraction des huiles ou matières grasses par le sulfure de carbone, la fabrication de l'acide sulfurique, etc. Toute la chimie de la chaleur, ou presque, expliquais-je, pouvait se réaliser à la chaleur solaire.

Avec la « marmite de Papin », que vous appelez aujourd'hui « autocuiseur », « cocotte minute », il était de plus possible d'accélérer le processus, et par exemple d'extraire la gélatine des os, de convertir en colle les débris de matières animales, de confectionner des vernis.

« J'avais à cœur d'essayer ce précieux instrument au soleil, et je crois pouvoir affirmer, après de nombreuses expériences, que sans y perdre aucun de ses avantages il y présente toute la sécurité désirable, à condition bien entendu de ne l'ouvrir qu'après un quart d'heure au moins de refroidissement. Pour ma part, je dois à la marmite de M. Papin comme aux petits appareils de caravane, qui sont maintenant d'une simplicité parfaite, la cuisson au soleil de mes repas de chaque jour pendant une partie de l'année ; et je n'ai jamais eu, je l'avoue hautement, qu'à m'en féliciter sous tous les rapports ».

Cela était vrai, et jamais ma marmite solaire n'avait fonctionné si favorablement qu'en cette année 1879. Je m'étais nourri au feu du soleil comme aucun être humain ne l'avait fait avant moi. Pierrette en riait souvent, dès cette époque.

Et le soleil était un instrument de purification de l'eau sans pareil.

> *« Je ne puis m'empêcher d'ajouter que le bouilleur solaire, déjà si commode pour la préparation du café et du thé, convient encore à merveille pour débarrasser par l'ébullition les eaux malsaines de leurs principes nuisibles, source de tant de maladies dans les pays chauds ; et qu'ils rendraient déjà sous ce rapport d'incontournables services dans celles des mines de l'Amérique du Sud où le prix du litre d'eau potable atteint et dépasse 3 francs. Mais, si, comme l'a dit Liebig, le progrès est l'art d'économiser la force, il n'appartient qu'au temps d'en propager les bienfaits ».*

Le temps et l'avenir avaient bon dos ! J'étais bien optimiste encore, je m'en aperçois désormais. Mais c'est ainsi, et à la purification des eaux, j'ajoutais ensuite les eaux odorantes, ou huiles essentielles, comme vous les nommez désormais.

> *« Mon dessin était, je le répète, de m'occuper principalement cette année de la distillation solaire. Aussi, n'ai-je rien négligé pour assurer le succès de cette nouvelle branche d'applications : heureux si j'y suis parvenu !*
>
> *Les petits alambics solaires ayant déjà fonctionné d'une manière remarquable à Paris, pendant l'Exposition Universelle devaient naturellement donner d'excellents résultats au soleil d'Alger. Avec un miroir de 0,80 m, en effet, ils y distillent complètement 2 litres de vin en 1h15 environ, et rectifient 2 litres d'eau-de-vie en moins de temps encore. Pour les rendre propres à la distillation des essences, on n'a qu'à placer à la partie supérieure de la chaudière un panier métallique traversé par la conduite de vapeur et recouvert du chapiteau. La chaudière étant à demi remplie d'eau, et le panier chargé de fleurs, on oriente l'alambic et l'on recueille au bout de 20 minutes des produits déjà très odorants dont il est facile d'accroître le parfum par de nouvelles distillations.*

Etait-ce le fruit de mes origines bourguignonnes ? Je dois dire que j'ai aimé ces distillations du soleil. Bien entendu, la dimension industrielle était loin de mon petit réflecteur. Mais il ne s'agissait que de proportions, de réglages, une nouvelle fois.

Comme je l'expliquais ensuite, l'appareil était composé de 12 secteurs très réguliers de plaqué d'argent, qui s'assemblaient en une forme d'abat-jour tournée vers le ciel, pour une surface d'insolation de 4 mètres carrés. La chaudière cylindrique, dont l'axe coïncidait avec le foyer du miroir mesurait 1 mètre 60 de long, pour une capacité totale de 50 litres, ses parois pouvant résister à une pression de 12 atmosphères. Le manchon de verre mesurait 85 centimètres seulement, et il s'emboitait au-dessus de la surface de chauffe noircie avec soin. Le reste de la chaudière était recouvert d'une couche isolante et d'une enveloppe de cuivre jaune, qui laissait passer à son sommet la soupape de sûreté.

Je décrivais ensuite avec précision le mécanisme d'orientation : un anneau métallique ou frette portant quatre tourillons en croix, deux pour la rotation de l'arbre de rotation d'Orient en Occident, de l'Est à l'Ouest, et les deux autres permettant d'incliner le miroir du sol au ciel.

« *De là la possibilité de diriger constamment l'axe de la chaudière vers le soleil quelle que soit la position apparente de celui-ci pendant le cours de l'année. J'ajoute que le mouvement d'Orient en Occident s'effectue de manière uniforme à raison de 15° par heure, grâce à l'emploi d'un contrepoids convenable, et qu'il est facile de le rendre automatique.*

Le récepteur solaire que je viens de décrire n'a pu, malgré l'activité du constructeur, être installé que dans la première quinzaine de novembre sur la terrasse de la maison que j'habite près d'Alger. Mais les beaux soleils de la fin de l'année m'ont déjà permis de constater la puissance de ce magnifique appareil. (...) Les beaux jours de la fin de novembre m'ont fourni d'excellents résultats. Le ciel se voilait souvent à la vérité des légers nuages de l'automne ; mais l'air desséché par un sirocco persistant, se montrait d'une admirable transparence pour la chaleur solaire. Aussi, m'est-il arrivé de voir, pendant les journées du 20 au 23 novembre, 25 litres d'eau à 20° bouillir en moins d'une heure. Le 23 novembre notamment l'ébullition de l'eau commençait à se manifester au bout de 45 minutes, la température initiale du liquide étant de 20° et le poids de la chaudière en eau de 6 kilogrammes au moins, la chaleur recueillie s'élevait au chiffre inespéré de 12 calories par minute et par mètre carré de surface d'insolation normale.

Grâce à de nombreux perfectionnement la nouvelle chaudière me faisait espérer de pouvoir y maintenir la pression à un degré convenable durant la production du travail mécanique. Malheureusement, je n'avais à ma disposition qu'une machine très défectueuse consommant 1 litre environ de vapeur par seconde. Grande a donc été ma joie de voir ce moteur fonctionner pendant plusieurs heures de suite, pendant la journée du 10 et du 11 décembre, sous pression constante de deux atmosphères. Il était dès lors établi que le récepteur solaire peut, sous une pression donnée, fournir un débit de vapeur en rapport avec ses dimensions et de tous points comparable à celui que donne le combustible.

Ainsi tombait la plus grande objection qu'on eut formulée contre les applications mécaniques de la chaleur solaire, objection que le grand appareil du Trocadéro lui-même ne laissait que trop subsister faute d'une chaudière convenable. J'espère d'ailleurs apporter bientôt de nouvelles preuves à l'appui de ce fait important.

Je me fais un plaisir d'ajouter que M. l'ingénieur Abel Pifre, qui m'a déjà prêté son concours pour la simplification des appareils de caravane, vient de construire un miroir formé de deux troncs de cône, dont les foyers se confondent dans un espace relativement court, ce qui permet d'activer la production de la vapeur. L'emploi de ce miroir à double galerie, ou, plus généralement, d'une série de miroirs coniques inscrits dans un paraboloïde de révolution aura donc pour effet d'accroître notablement la puissance du récepteur solaire. De tous ces faits il est permis de conclure que le problème de la conversion des rayons du soleil en force motrice sera complètement résolu dans un avenir prochain. (...)

Enfin, tout est préparé pour l'essai de la pile thermoélectrique qui, par la décomposition de l'eau, fournira peut-être à l'industrie de nouvelles et précieuses ressources.

Tels sont, Monsieur le Ministre, les résultats de la mission que je viens de remplir, résultats sur lesquels l'ose appeler toute votre bienveillante attention, en vous priant de bien vouloir me fournir les moyens d'achever une œuvre qui promet d'être un jour si féconde. J'ai l'honneur d'être, avec le plus profond respect, Monsieur le Ministre, votre très humble et très obéissant serviteur. Augustin Mouchot, professeur chargé d'une mission scientifique. Villa Bauër, Alger ».

Avec l'envoi de ce si long rapport, j'ajoutais une brève lettre sur mes soucis financiers, la réduction de 2.000 à 600 francs de mon indemnité, de 9.000 à 2.700 de vos euros, les commandes déjà passées chez les fournisseurs de matériel, les factures, le tout me conduisant à réclamer et espérer 15.000 francs (68.000 euros) afin, comme j'affirmais en avoir la ferme espérance, de doter l'Algérie et les pays chauds d'une nouvelle source de prospérité.

J'avais tout donné. 1879 s'achevait sur un soleil radieux.

X X I I I

Les coups les plus douloureux sont ceux qui tombent sans prévenir. Rien ne vous y prépare, et soudain, vous recevez la foudre. La mienne est arrivée au début du mois de mars 1880.

L'année avait pourtant bien commencé. J'avais, enfin, organisé la cérémonie de remise de la fameuse croix de la Légion d'honneur que m'avait valu l'Exposition Universelle de 1878. Le 8 janvier, le général Wolf, commandant de la division d'Alger, me l'avait accrochée avec un sourire. Il aimait mes bouilleurs solaires pour le Sahara. Et il attendait surtout avec impatience le buffet que j'avais garni de trois cartons de vin rouge de mon cher terroir de Bourgogne. Le colonel Flatters était là également, qui allait partir un mois plus tard pour sa première expédition de reconnaissance du tracé du chemin de fer transsaharien.

Abel avait fait envoyer trois grands flacons de Cognac de réserve. Il m'annonçait aussi la parution d'un nouveau papier dans les *Mémoires de la Société des Ingénieurs Civils*. En onze pages précises et chiffrées, le jeune homme défendait quelques modifications de la forme des réflecteurs, quelques ajustement de poids de la structure, tout en reconnaissant l'importance et la pertinence générale de ma perspective.

« *Elle est juste, féconde, logique et moins hardie qu'on ne le croit à une époque où la thermodynamique nous enseigne que nous devons aux rayons solaires toute l'énergie répandue sur la terre et tout le travail mécanique qui se dépense dans l'industrie moderne ; de plus, elle s'appuie sur des résultats scientifiques et des expériences indiscutables : je ne doute donc pas qu'elle ne fasse infailliblement son chemin et que le succès n'arrive un jour à récompenser nos modestes efforts ».*

Je croyais, moi aussi, à ce qu'écrivait Abel. Un petit chemin pouvait se construire avec nos volontés réunies. Oh, je ne rêvais pas des voies grandioses vers le futur qu'annonçait Elie Roudaire, avec sa mer intérieure saharienne, ni même des millions de bénéfices et du commerce à multiplication que contenait le projet des nombreux partisans du chemin de fer transsaharien… Je voyais seulement la pile Clamond produire de l'hydrogène au soleil, et notre petit tandem, avec Abel, parvenir peut-être à des appareils véritablement adaptés aux besoins des entreprises, aux producteurs agricoles, aux personnes qui pourraient tirer santé, revenus ou bien-être d'une saine distillation. Et puis, aussi, simplement, je rêvais de donner un moyen de chauffage des aliments, un mode d'ébullition de l'eau et de stérilisation des vins ou des préparations par le procédé de Louis Pasteur, en particulier aux vastes populations des pays pauvres en arbres et démunis en charbon.

Mais les Etats, ces grandes choses anonymes et mystérieuses, ont d'autres vues que nous autres, pauvres bipèdes de préoccupations simples. Le 19 février 1880, l'Etat français, parlant par la voix de son ministère des Travaux Publics, sur rapport de Monsieur Fournier, ingénieur, décida en effet de créer une commission pour l'examen, l'expérimentation et l'évaluation des appareils solaires dont je défendais, avec Abel Pifre, l'intérêt. La commission devait principalement répondre à la question de l'emploi possible de nos appareils dans la perspective du chemin de fer transsaharien, tant vanté et tant combattu par certains. Elle décida lors de sa première réunion de se scinder en une section de Montpellier et une section de Constantine. Elle acta également d'acquérir deux grands appareils, qui seraient fabriqués dans les ateliers qu'était en voie de mettre en place Abel à Paris. Nous allions enfin pourvoir être jugés sur pièces. Nous étions confiants.

Mais une lettre de Paris, datée du 3 mars 1880, allait pour moi tout changer.

« Monsieur, j'ai le regret de vous annoncer que, dans sa séance du 4 février courant, la Commission des Voyages et des Missions, a été d'avis qu'il n'y avait pas lieu de vous accorder une nouvelle mission. Les crédits de ce service sont, en effet, très insuffisants cette année, et je suis contraint d'en réserver la petite part disponible à des travaux nouveaux. Dans la même séance, le rapport que vous m'avez adressé a été examiné, conformément au fonctionnement de la commission, et celle-ci a décidé qu'il n'y avait pas lieu de le publier. Je vous prie... »

Le ciel de mon Soleil s'écroulait. J'avais engagé plus que mes économies et que mon maigre patrimoine. Malgré les encouragements, les quelques honneurs, le petit professeur était envoyé à la ruine.

Après une nuit furieusement agitée, je partis dès le lendemain vers le centre d'Alger. Depuis quelques jours, se trouvait en effet en ville le docteur et inspecteur général Jules Gavarret, que j'avais rencontré par l'intermédiaire de la petite société du café d'Apollon. Polytechnicien, ayant basculé ensuite dans la médecine et la physiologie, ce petit homme rond, à l'accent du sud de la France, était un pionnier de la compréhension de la circulation sanguine, par les acquis de la chimie et de la physique les plus modernes. Il était de presque vingt ans mon aîné et touchait alors, à 70 ans, aux sommets des fonctions officielles. Il était ici pour décider de l'avenir des écoles de médecine, dont quelques unes seulement allaient devenir des facultés. Il était un morceau de l'Etat français fait homme. Dans les années qui suivirent, il présiderait même les Académies de Médecine et d'Anthropologie.

Il me fallut peu de temps pour lui livrer ma misère. « Ah, mon cher Monsieur Mouchot, nous sommes dans une époque où la course au mieux et au progrès tend malheureusement parfois à la précipitation ! Vous êtes victime d'esprits mesurés et peureux ! Vous ne déchiffrez pas des manuscrits d'Egypte, mais cuisinez simplement avec le soleil ! Cela est trop simple et trop fort ! On ne vous entend plus ! »

Il allait écrire mon histoire, me promit-il. Il passerait par Léon Gambetta, qui pourrait m'appuyer auprès du ministre de l'Intérieur, lequel redescendrait ensuite vers le ministre de l'Instruction Publique. Rien n'était perdu. Un peu de patience était simplement nécessaire, conclut-il.

Jules Gavarret, contre toute attente, fit exactement ce qu'il avait annoncé. En date du 13 mars 1880, il signa le rapport le plus complet et le plus favorablement orienté de toute ma carrière.

« Monsieur le Ministre, Il y a 20 ans, un modeste et savant professeur de physique du Lycée de Tours, M. A. Mouchot, commença à s'occuper de <u>la belle question de l'utilisation de la chaleur solaire</u> (il soulignait lui-même).

Après sept années de recherches incessantes, en 1867, il montre, par des expériences décisives, que la vapeur fournie par une chaudière uniquement chauffée par les rayons solaires, acquiert une tension suffisante pour mettre en action une grande machine. En 1871, le savant secrétaire perpétuel de l'Académie des sciences, M. J. Bertrand, écrivait dans Le Journal des Savants : *'Les expériences dans lesquelles M. Mouchot n'a pu, jusqu'ici, réunir toutes les conditions favorables, doivent déjà cependant montrer aux plus incrédules la possibilité de faire marcher une machine à vapeur <u>sans brûler un gramme de charbon</u>'* (souligné deux fois par l'auteur).

Les résultats importants obtenus par M. Mouchot finirent par attirer l'attention du Gouvernement ; le 6 janvier 1877, M. Wadington, ministre de l'Instruction Publique, lui confia la mission d'aller étudier, en Algérie, les applications industrielles de la chaleur solaire. Depuis cette époque, M. Mouchot a cherché avec persévérance la solution de cet important problème. Il a obtenu des résultats assez remarquables pour que la Commission de l'Exposition Universelle de 1878 lui ait décerné la Médaille d'Or et pour que le gouvernement lui ait accordé la Croix de la Légion d'honneur.

Au mois de mars dernier, étant à Alger en tournée d'inspection générale, je profitai avec empressement de l'offre qui m'était faite d'assister aux expériences si intéressantes de M. Mouchot ; je ne pouvais laisser échapper cette occasion de me rendre exactement compte du véritable état de la question. M. Mouchot a installé son laboratoire sur les hauteurs de Birtrariah, à 85 mètres d'altitude, sur la terrasse de la villa Bauer que le propriétaire a généreusement et gratuitement mis à sa disposition. C'est là qu'avec les 600 francs de son traitement de professeur en congé et les modiques ressources d'une mission scientifique, il travaille avec un courage que rien ne lasse, à la recherche de la solution du problème important qu'il s'est posé.

M. Mouchot m'a rendu témoin d'expériences très probantes et d'un grand intérêt. Avec ses appareils de faibles dimensions, il a exécuté des distillations et des rectifications de diverses liqueurs - il a fait fonctionner ses appareils de troupes en campagne, pour la préparation du pot-au-feu, du café, pour la cuisson rapide et très régulière des viandes. Le tout au moyen de la chaleur solaire.

Avec des appareils de plus grandes dimensions, et toujours en utilisant la chaleur solaire, il a réalisé une véritable machine à vapeur, à 5 ou 6 atmosphères de pression, qui lui sert à mettre en action une pompe élévatoire capable de fournir, par heure, 48 mètres cubes d'eau élevée à 3 mètres de hauteur.

En réalité M. Mouchot a réussi à utiliser la chaleur solaire pour doter l'industrie d'un moteur mécanique, sans brûler un gramme de charbon ; il a montré qu'avec la chaleur formée par les rayons solaires, on peut faire marcher régulièrement une machine à vapeur. En continuant à travailler dans cette voie, en développant et perfectionnant ses appareils, il mettra certainement à la disposition de l'industrie des moteurs mécaniques qui, dans les régions rapprochées des tropiques, là où le soleil se montre à la fois ardent et régulier dans son éclat, fourniront un travail considérable - un tel résultat est d'autant plus précieux, que ces régions tropicales manquent de combustible, et qu'on ne pourrait l'y transporter qu'à très grands frais.

Il n'est pas besoin d'insister pour faire comprendre les services que ces moteurs, fondés sur l'action solaire, rendraient dans des stations telles que Lagouhat, Biska, et dans les régions les plus méridionales et les moins accessibles de l'Algérie. Dans l'intérêt de notre colonie africaine, on ne saurait trop encourager les travaux et les recherches de M. Mouchot. Ce modeste et courageux savant, au milieu de toutes les difficultés contre lesquelles il a eu à lutter, a imaginé un nouveau dispositif très ingénieux qui lui permettra d'avoir une machine à vapeur de 5 à 6 atmosphères et dont la pression se maintient constante pendant le fonctionnement de l'appareil.

Mais les ressources lui manquent pour réaliser ce dernier et si désirable perfectionnement. Peu soucieux de ses intérêts matériels, n'écoutant que le désir de conduire à bonne fin une œuvre si belle et de bien... M. Mouchot a contracté des dettes pour suppléer à l'insuffisance des modiques ressources mises à sa disposition. Dans ce moment, ces ressources même sont malheureusement supprimées, faute de fonds disponibles, le ministre de l'Instruction Publique lui a retiré sa mission.

Ainsi, voilà un savant qui, depuis 20 ans, a consacré tout son temps, toute son intelligence, à démontrer que la chaleur solaire peut être _industriellement_ utilisée. Voilà un auteur qui a été récompensé à l'Exposition Universelle ; qui, depuis trois ans et malgré la modicité de ses ressources, est parvenu à obtenir des résultats très considérables sur le sol algérien ; qui est évidemment sur la voie pour doter l'industrie d'une puissante machine à vapeur fonctionnant régulièrement sous l'influence de la seule radiation solaire ; qui n'a besoin que de faire encore quelques efforts pour fournir la solution complète de ce beau problème de mécanique industrielle... Et c'est à cet homme qu'on refuse les secours nécessaires pour compléter sa découverte ! Il n'est pas *possible que le gouvernement de la République le condamna à la cruelle nécessité de renoncer à ses recherches, à briser ses appareils, lorsque un ou deux essais lui suffiraient pour mettre la dernière main à un travail de cette importance.*

Monsieur le Ministre, c'est à votre patriotisme, à votre haute sollicitude pour tout ce qui est beau, grand, utile que je me permets de faire appel. Etendez votre main protectrice vers ce modeste savant qui, sur la terre d'Afrique, travaille pour les intérêts et la gloire de la patrie. Soutenez-le dans son œuvre, accordez lui les ressources nécessaires pour compléter une découverte qui sera à la fois un grand progrès pour notre industrie et une gloire pour la France.

Veuillez agréer, Monsieur le Ministre, l'assurance de mon profond respect et de mon entier dévouement. J. Gavarret. Inspecteur Général pour l'ordre de la médecine ».

$$XXIV$$

Jules Gavarret jeta sa bouteille à la mer dans le vide. La grande horloge de la fin de mon rêve solaire, inexorablement, se mettait en marche. Non pas que j'ai baissé les bras tout de suite ! Oh, pour ça non ! Cela n'était pas mon genre... Mais, avec le recul, j'ai mesuré que l'engrenage de ma sortie du monde des vivants s'était enclenché en 1880, en ce début d'un beau mois de mars algérien.

Je ne suis vraiment mort que 32 années plus tard. La suite de mon existence a eu ses joies et ses bons moments, comme le petit pavillon où nous nous sommes réfugiés avec Pierrette, rue de Dantzig, quelques années plus tard, dans ce nouveau quartier qui surgissait des bords du sud de Paris. Mais rien à voir avec tout ce que j'attendais encore, en ce début 1880...

Je ne pensais certes pas pouvoir, de mon vivant, embrasser à pleines mains le développement de l'énergie solaire, qui demanderait encore bien entendu des centaines d'industriels et d'innovateurs, des milliers d'expérimentateurs, des dizaines de milliers d'ingénieurs ! Je n'étais pas fou ! Non, je brûlais seulement d'ouvrir un chemin, le passage vers l'usage d'une autre énergie, si vaste, si abondante, si généreuse pour les latitudes équatoriales et pré-équatoriales... Les piles thermoélectriques à soleil, la décomposition de l'eau pour l'hydrogène, de grands réflecteurs perfectionnés pour les opérations chimiques, tout cela me semblait utile et nécessaire.

D'ailleurs, et c'est bien là le grand paradoxe de nos vies, la fin de ma mission coïncidait presque exactement je l'ai dit avec la première prise en compte officielle de notre travail. C'est le Sénateur Casimir Fournier, un conseiller d'Etat qui avait dirigé la section algérienne, cinq ans auparavant, qui avait suggéré la mission d'évaluation de nos appareils. Il croyait au grand ruban de fer qui devait relier Alger à Tombouctou, perçant les sables éternels et nous ouvrant les portes de l'Afrique par-delà le Hoggar. Et pour convaincre, Fournier avait compris qu'il fallait de l'étude et de l'expertise. C'est ainsi que les plaidoyers réguliers d'Abel sur l'intérêt de nos appareils solaires dans la perspective du pompage de l'eau, indispensable à la recharge des locomotives et au développement de gares-dépôts de combustible, lui étaient tombés dans l'oreille.

Je vous passe les détails, mais autant vous dire qu'Abel jubilait. Le hasard voulut d'ailleurs que le lendemain même de l'annonce de la création de la commission, il fût entendu à la soirée mensuelle de la Société des Ingénieurs Civils, à Paris. Son propos avait pris de l'ampleur et sa voix portait désormais plus loin que celle du jeune ingénieur à peine diplômé que j'avais embauché pour m'appuyer, en 1878. Abel Pifre parlait, plus nettement chaque jour, en son nom propre.

Ce soir-là, il appuya sur le fait qu'il avait « apporté des modifications » à mes appareils. Il les avait « perfectionnés ». Et depuis, annonçait-il, avec deux réflecteurs de 6 mètres de diamètre reliés sur une chaudière à condenseur, on pouvait attendre un travail de 4 chevaux-vapeur au moins. Sa principale innovation, dont il m'avait vaguement entretenu lors de son passage à Alger quelques mois plus tôt, je l'ai dit, consistait dans la transformation de notre « abat-jour » en forme de cône régulier en un « abat-jour » en forme de cône à 3 pans. En mots techniques, il défendait un « miroir tronconique à lignes brisées », contre mon « miroir tronconique normal ou régulier ».

Ces transformations permettaient surtout de diminuer la longueur du pistil central de nos fleurs à soleil. La chaudière, pour être clair, pouvait être plus ramassée, puisque désormais les rayons solaires étaient réfléchis sur trois zones principales, et non répartis sur toute la longueur du tube de verre. La construction était certes rendue un peu plus complexe, mais Abel défendait l'intérêt d'un réflecteur plus compact, et il soutenait également, à mon sens en partie contre l'évidence physique, une amélioration sensible des performances.

Quoi qu'il en soit, les utilités des appareils solaires dans le désert et leurs applications aussi diversifiées que celles de la vapeur elle-même, étaient toutes confirmées et amplifiées par les innovations d'Abel. D'où l'idée du Sénateur Conseiller d'Etat Fournier qu'il fallait en avoir le cœur net. Et qu'avant les commandes d'une centaine, au bas mot, de moteurs à vapeur solaires pour le grand fil du rail transsaharien, des tests rigoureux de nos machines à soleil était plus que nécessaires.

Depuis ma première intervention à l'Académie des Sciences, et même depuis mes toutes premières réalisations, je n'avais cessé d'espérer une telle évaluation officielle. Que plusieurs de nos meilleurs esprits scientifiques et techniques, enfin, se rassemblent, et qu'ils regardent ce que j'avais moi-même pu constater, était mon vœu le plus cher. Je ne craignais pas la sanction de l'expérience puisque tout mon effort, dès le départ, n'avait été que pratique et centré sur les résultats réels et effectifs des cuiseurs et des distillateurs. A Alger, d'ailleurs, en un an depuis mon retour, j'avais considérablement amélioré nos chaudières. Et Abel avait admiré lors de sa venue le résultat. Non seulement la chaudière était plus ramassée, comme il allait le défendre lui-même bientôt, mais de plus, à l'intérieur, j'avais appliqué les recommandations de Péclet dans son monumental *Traité de la chaleur*. Abel ne retiendra jamais cette innovation. Mais il me prit tout le reste.

La vie est un fleuve dont les eaux changent parfois si vite que nous croyons encore être devant un torrent de montagne alors que défilent déjà les eaux boueuses d'un estuaire après la pluie. Cela fut le cas avec Abel. En quelques semaines, par quelques courriers, notre amitié et mon affection me furent arrachées à jamais.

Le jeune homme enthousiaste qui m'avait si puissamment épaulé durant le printemps et l'été 1878 était désormais tout autre. Il allait se marier et avait pris un grand appartement non loin du Luxembourg, où il avait trouvé aussi, je l'ai dit, ces hangars et cette cour où il souhaitait établir son entreprise. « La rue d'Assas en son extrémité va devenir le temple moderne de l'énergie solaire », me disait-il alors. « Cela n'est pas impossible, mon cher Abel ! Mais cela n'est quand même point certain encore ! », avais-je répondu en riant. Il avait l'exclusivité de tous mes brevets, depuis notre dépôt commun d'une modification, en octobre 1878. Je pensais que nous étions unis, malgré notre différence d'âge, comme deux frères.

En novembre de cette même année 1878, je l'ignorais alors, il avait pourtant fait un ajout à notre brevet qui annonçait déjà le réflecteur solaire à trois pans. Avait-il tout prévu, tout calculé dès cette date ? Guère plus de six mois après notre première rencontre ? Je ne l'ai jamais su. Je préfère croire que les impératifs de l'argent, les devoirs que l'on doit à ceux qui vous financent, l'ont poussé plus vite qu'il ne le pensait.

Durant son séjour algérien de 1879, il fut le bon camarade d'autrefois. Et je lui avais alors ouvert mon cœur et mes résultats, comme toujours. Et puis, en ce printemps 1880, alors qu'il commençait à poser les bases de la Société Centrale d'Utilisation de la Chaleur Solaire, qui serait officiellement constituée en janvier 1881, tout avait basculé : le vieux Mouchot n'était plus qu'un premier repère dans une histoire qu'il était désormais seul à écrire.

Mes hésitations à conclure trop vite, mon refus de gonfler et d'exagérer, même d'une calorie ou deux, nos résultats, étaient devenus des entraves. Avec l'échec de la prolongation de la mission, et la fin de mon financement, j'étais une charge. Le jeune et brillant ingénieur Abel Pifre ne pouvait s'encombrer d'un vieillard tatillon et sans argent. Le monde moderne bruissait à sa porte. Il fallait convaincre des financiers parisiens, autrement qu'avec un professeur de physique bourguignon sur le retour. Tel fut mon ressenti.

Mais je m'arrête. Le limon qui passe dans les fleuves est une source fertile sans pareille. Celui de nos disputes, par contre, étouffe le cœur et l'âme. Et j'ai suffoqué un peu, je le reconnais, plus qu'à mon compte, dans cette année du grand retournement des astres.

$$X X V$$

Je ne sais plus comment j'ai titubé en ce printemps 1880, après la lettre de refus de prolongation de la mission en février, qui comprenait aussi le rejet de la publication de mon plus long et détaillé rapport. Au 1ᵉʳ juin, malgré les demandes de l'inspecteur général Jules Gavaret, le couperet est tombé.

J'avais 55 ans et je demandais ma mise à la retraite. Ma fièvre, qu'avait si doucement soignée Pierrette, avait laissé un tympan mort et sec comme un cuir de chèvre. Le directeur de l'école de médecine d'Alger, Louis Texier, certifia.

« L'infirmité de M. Mouchot résulte de l'exercice de ses fonctions. Elle a été développée et aggravée pendant ses expériences sur la chaleur solaire, et elle le met dans l'impossibilité de pouvoir continuer son service de professeur ».

En mai, sur la grande ville blanche étalée dans l'arrondi de sa baie, l'ensoleillement avait été plus intense et plus continu que jamais. Et sur la terrasse de la villa Bauer, raccordé à la nouvelle chaudière, le petit moteur qu'avait utilisé Abel l'année précédente pour coudre et gicler à plus de 7 mètres les gamins du centre ville m'avait accompagné durant des journées entières. On aurait dit que Phébus sortait la parade, alors que je quittais la scène. La joie se mêlait confusément aux tristesses. Et je ne savais plus dans quel ordre les ranger.

Le 24 mai 1880, la Commission des Appareils Solaires s'était scindée en deux. Il y aurait Constantine, avec l'ingénieur en chef des Ponts et Chaussées Lebiez, flanqué d'un ingénieur des Mines, d'un ingénieur civil, d'un professeur de physique et de trois officiers. Et Montpellier, avec Adolphe Duponchel, autre ingénieur en chef des Ponts et Chaussées et ardent promoteur du projet transsaharien, entouré son collègue Guibal, de Charles Martin et d'André Crova, deux professeurs, respectivement aux facultés de Médecine et de Sciences, auxquels s'ajoutait le colonel du génie Fulcrand.

Je n'ai jamais su ce qu'ils avaient fait à Constantine, ni même si Abel avait livré un appareil, ou si le financement s'était perdu dans les méandres du gouvernorat. A moins qu'ils n'aient tout bu en anisettes... Le seule chose de certaine, est que nous ne vîmes jamais le moindre résultat.

A Montpellier, j'y reviendrai, ils se mirent en marche. André Crova, le professeur de physique, qui avait travaillé depuis longtemps sur la constante solaire, c'est-à-dire sur le calcul de la force énergétique du rayonnement, prit la tête des opérations. Abel lui envoya l'un de ses nouveaux appareils, d'un peu plus de 3 mètres de diamètre, qui fut installé au Fort de Montpellier. Les mesures commencèrent au 1ᵉʳ janvier 1881.

J'étais faible et fatigué quant à moi. Avril 1880 me releva lentement, avec ses fleurs d'orangers qui montaient vers la terrasse, les rues embaumées dès le matin. Je revis une fois le colonel Flatters, au café d'Apollon. Il piaffait comme un cheval et me décrivit en détail la mission qu'il envisageait de lancer en décembre, depuis Ouargla, en plein centre du Sahara. Quatre ingénieurs, un médecin, six soldats ou officiers français, quarante tirailleurs algériens, quatre mois de vivres et trente civils, cuisiniers et conducteurs de 183 chameaux, en sus de sept guides Touaregs Chambaa. Pour cette petite armée, la cuisson n'était pas un mince enjeu. Et il était certain que, comme pour la première reconnaissance, Flatters emporterait un cuiseur solaire de bonne taille.

« - Votre appareil a impressionné et séduit plusieurs semaines durant mon cher Monsieur Mouchot. J'ai vu nos guides fascinés. Il y a de l'arme symbolique dans ce miroir, je vous le dis, un moyen de convaincre de nos apports pour ces territoires !

- Je ne souhaite que vous croire mon cher colonel... Car je n'ai eu que de bons accueils au fil de ma tournée du Grand Sud algérien, en 1877… Le soleil parle aux cœurs mieux que les fusils... ».

Je ne revis pas le colonel Flatters lorsqu'il réceptionna le cuiseur. Il allait partir au tout début décembre 1880. Le 16 février suivant, près du puits de Bir El Gharama, en plein Hoggar, il périt avec la plus grande partie de son escorte dans une embuscade. Le reste des hommes allait agoniser en tentant de revenir.

La commission de Montpellier sur les appareils solaires continuait son travail. Mais le projet de chemin de fer transsaharien était mort avec le colonel. Le cuiseur solaire avait dû être le plus étrange butin du pillage.

X X V I

Je finalisais de mon côté, deux jours après le lancement des deux sous-commissions solaires de la mission officielle d'évaluation de nos appareils, le 26 mai 1880, une lettre au secrétaire de l'Académie des Sciences. Je souhaitais lui signaler mes différents avec Abel Pifre, et cela fut l'un des courriers les plus tristes et désagréables que j'ai eu à rédiger de toute mon existence.

« Monsieur, en quittant Paris fin décembre, j'avais acquis la conviction que j'étais entièrement dépouillé du bénéfice de mes travaux par un jeune homme en qui j'avais eu confiance. Connaissant d'ailleurs le bienveillant intérêt que vous m'avez toujours porté, je n'ai pas osé vous faire part de ce résultat.

J'ai refusé dernièrement de voir M. Pifre, le jugeant indigne de la bienveillance que l'on doit aux jeunes gens. J'ai d'ailleurs résisté aux instances de nombreux amis qui m'engageaient à revendiquer mes droits, me réservant de répondre à M. Pifre aussitôt mon mémoire sur le miroir conique terminé. C'est cette réponse, dictée beaucoup moins par des vues personnelles que par mon zèle pour le succès des appareils solaires que j'ai l'honneur de vous soumettre.

Admise à figurer parmi les Comptes-Rendus, elle serait peut-être utile à la cause que je soutiens depuis 20 ans, et sur laquelle je n'ai pas dit mon dernier mot ».

Je n'aime pas, aujourd'hui encore, le style de cette lettre. Même avec le très grand recul dont je dispose désormais, ni la forme, ni le contenu, ne me plaisent. Qu'est-ce que Joseph Bertrand a donc pu penser de moi ? Devenu secrétaire perpétuel de l'Académie des Sciences, ce grand physicien, qui serait bientôt de plus élu à l'Académie française, m'avait témoigné une attention précieuse. Il m'avait soutenu depuis le tout début, après les attaques de ce Ed. Buchwalder, qui affirmait, suite à mon passage à l'Académie des Sciences en 1875, que je ne faisais que recopier le réflecteur avec lequel les Vestales allumaient le feu sacré des temples de l'Antiquité… Bertrand avait répondu pour me défendre.

Le jaloux et demi-savant en avait été pour son compte. J'avais été très ému de cette défense si rigoureuse et implacable. Et voilà, six ans plus tard, que je venais pleurer devant ce grand scientifique une querelle de boutiquier. Je me faisais l'effet du plus vulgaire chicaneur. D'autant que, contrairement à ce que je laissais entendre, ces paroles sonnaient parmi mes derniers mots sur l'énergie solaire.

J'avais écrit, de fait, je le sais aujourd'hui, exactement le contraire de ce qui s'est passé. Peut-être, confusément et obscurément, avais-je deviné que la messe était dite. Et que sans argent, sans nouvelle mission du ministère, endetté, amoindri par l'infirmité, j'étais alors entré dans le grand couloir méconnu et ouvert à tous les vents du passé de l'énergie solaire.

En ce printemps 1880, je le répète, je ne m'en suis pas consciemment douté. Je crois que j'étais encore trop le nez dans mes recherches, collé autant que je le pouvais à ce nouvel appareil qui m'avait été livré à Alger à grand frais. Sur la base des résultats des premiers tests, j'enrageais plus que jamais du refus d'une année supplémentaire de travail et d'expérimentations. Un nouveau ministre de l'Instruction Publique, vers la fin juin 1880, avait répondu, en effet, à son collègue du ministère de l'Intérieur, une fin de non-recevoir que mes pauvres appuis politiques m'avaient relayée.

« La nature de ses recherches s'est modifiée… elles ont pris un caractère plus industriel que scientifique… dès lors l'appui des crédits du chapitre des missions scientifiques cesse d'être justifié ».

L'été déferlait sur Alger comme une vague brûlante. Et cette réponse, par-delà la Méditerranée, arrivait comme une gifle. Le possible, chaque jour un peu plus vérifié sur ma terrasse ensoleillée, ne collait plus au réel. Le ministère me renvoyait au rang d'une sorte de technicien appliqué, alors qu'il restait tout à prouver et à tester. Et d'abord pour la pile Clamond et la thermoélectricité. Ainsi que pour la décomposition de l'eau et l'hydrogène. L'exploration du potentiel de la chaleur solaire, à l'image de la reconnaissance du colonel Flatters en plein cœur de l'océan des sables, six mois plus tard, semblait soudain vouloir s'arrêter à mi-route.

Je me sentais à la fois comme bouillonnant, et comme pétrifié, un mélange de furieux et de désespéré, incapable de baisser les bras. Il ne me restait que Pierrette. Continuant mes mesures, soigné et réconforté par sa tendresse, je partais avec elle, presque chaque soir, dans de paisibles déambulations nocturnes dans les rues calmes de notre périphérie d'Alger. Seuls quelques chiens, des appels au loin, parfois, troublaient le paisible vallon Climat de France. Nous commencions à parler d'une vie commune. Elle, de son côté, demeurait convaincue que mon bon droit serait reconnu, que l'on reviendrait vers moi, que je ne serais pas abandonné comme un vieux chiffon sur la route.

Le 16 août 1880, pourtant, au *Comptes-Rendus de l'Académie des Sciences*, parut une note d'Abel Pifre intitulée *Nouveaux résultats d'utilisation de la chaleur solaire obtenus à Paris*. Alger s'ouvrait déjà aux ombres plus douces de septembre lorsque je pus la lire.

« La moyenne des expériences faites par M. Mouchot dans le Sud de l'Algérie, pendant l'été de 1877, comparées à la moyenne des mesures actinométriques de M. Violle dans le même pays, à la même époque, semblait impliquer l'impossibilité d'utiliser plus de 50% de la chaleur arrivant sur le sol.

Lié avec M. Mouchot et ayant accepté de lui de poursuivre l'étude pratique de ses récepteurs solaires, je me suis efforcé d'augmenter le rendement de ses appareils et d'en simplifier la construction. Les appareils que je construis aujourd'hui ont un rendement de 80%. C'est un gain de 30% sur les anciens. Tel est le résultat important que j'ai l'honneur de soumettre à l'Académie.

Des mesures exactes ont en effet permis de constater, à Paris, une utilisation de chaleur s'élevant à 12,12 calories par minute et par mètre carré de surface d'insolation, tandis que les appareils anciens n'ont jamais donné, même à Biskra, par un beau soleil d'août, une utilisation supérieure à 9,2 calories ».

Le jeune ingénieur ambitieux était parti en campagne. Il me reléguait, avec mon long voyage du sud algérien et mes mesures réalisées seul, et avec les moyens du bord, aux premières ébauches d'une idée, à l'histoire ancienne d'un pionnier. Ayant copié ma nouvelle chaudière, avec le choix de son réflecteur composé de trois orientations de miroirs, il se lançait, pensait-il, à la conquête des marchés du solaire.

J'enrageais et m'attristais autant qu'on le peut de me voir ainsi rattrapé par l'ambition et l'appétit ordinaires. Abel calculait déjà des gains, quand je savais qu'il restait tant à comprendre, à montrer, à convaincre, tant de chemin à parcourir. Abel misait sur la vapeur et sur l'exploitation immédiate, surtout agricole, d'appareils de petite et de moyenne puissance. Avec plusieurs cuiseurs solaires portatifs, c'était là tout son catalogue, centré sur le pompage de l'eau et quelques applications mécaniques de broyage. L'exploration des autres formes de conversion de la chaleur solaire ne l'intéressaient pas.

En ce même mois d'août 1880, qui voyait la parution de sa note, il fut d'ailleurs trois dimanches durant, à Paris, au petit jardin du Conservatoire des Arts et Métiers, pour une série de démonstrations parrainées par le ministre de l'agriculture, Hervé Mangon. Le journaliste Henri de Parville, dans le *Journal des Débats* du 19 août, le félicita vivement. A croire De Parville, mes appareils de 1878 étaient « des appareils de démonstration, de simples appareils curieux », alors que grâce aux modifications du « jeune ingénieur de mérite Abel Pifre », ils avaient atteint à une forme d'efficience totalement différente. Un nouveau discours se mettait en place, qui allait prospérer durant les années suivantes.

« La petite invention de M. Mouchot, un peu dédaignée au début, appréciée à sa juste valeur depuis les perfectionnements de M. Abel Pifre, pourrait bien décidément devenir une grande invention ».

Avec les chiffres d'Abel, et quelques calculs, le journaliste scientifique concluait même son article à propos des applications possibles de l'énergie solaire dans une vingtaine de pays au moins, du Chili aux côtes africaines, en passant par l'Australie et les Indes anglaises.

« Dans toutes les contrées où le soleil brille du matin au soir, on peut sans dépenser un gramme de charbon avoir désormais un moteur souple, régulier, commode, se pliant à tous les usages ».

La grande réclame d'Abel, je le devinais sans peine, était lancée. Le souvenir du vieux Mouchot, l'amusant professeur, servirait désormais de prologue, d'image nostalgique et jaunie d'un passé à jamais révolu.

Alors même que je venais de me démunir totalement pour payer les récents appareils, y compris de ma part de l'héritage de la petite maison de mon père à Vignes, et des quelques arpents de terre qui nous étaient venus à mes frères et sœurs, le jeune entrepreneur Pifre construisait de son côté méthodiquement une grande levée de fonds. La note de l'Académie des Sciences, les démonstrations du jardin des Arts et Métiers en étaient de simples étapes. Ainsi le 23 décembre 1880, six mois plus tard, presque en cadeau de Noël, le quotidien *Le Républicain de Constantine* relata-t-il, en des termes repris mot pour mot des annonces de l'été précédent, le retour d'Abel sur la terre de soleil où je me débattais.

« On connaît généralement en Algérie tous les premiers appareils expérimentés en 1879 sur notre place, mais jusqu'ici on avait douté. Le réflecteur tronc-conique adopté par M. Mouchot n'utilisait que 50% de la chaleur solaire, tandis que grâce aux dispositions nouvelles adoptées par M. Abel Pifre, le rendement des appareils solaires s'élève aujourd'hui à 80 % ! »

Abel fut présent en personne le 17 décembre 1880 à la Casbah d'Alger, et il fit bouillir cinquante litres d'eau en 25 minutes. On nous informait qu'un capitaine d'artillerie, Mangenot, allait poursuivre pendant une année entière des expériences, et que dès mars 1881, dans presque chaque localité du département, puis de l'Algérie toute entière, il serait possible de « voir fonctionner des machines à vapeur actionnées par le soleil et destinées soit à arroser les cultures, soit à battre les récoltes, soit enfin à moudre les grains ».

Abel tenait Paris, mais il venait désormais me tondre la laine sur le dos jusque dans ma pauvre retraite de la France d'outre-méditerranée. Je marchais vers le solstice d'hiver, sous un ciel traversé des incertitudes de l'avenir, sous les pluies soudaines accompagnant la lente descente de la course du soleil sur l'horizon.

Abel ne vint pas me voir à la villa Bauer lors de son séjour à Alger. La confiance et l'amitié s'était rompues, dissoutes à jamais. Et puisque j'évitais le café d'Apollon, presque tout l'automne, je ne bénéficiais que des nouvelles de la presse et des quelques détails que me rapportaient de rares visiteurs.

L'un d'eux, je m'en souviens, arriva un jour avec un numéro du journal *Le Rappel*, du 1er juin 1880. Victor Meunier, plus aimable que d'autres à mon égard, y titrait *Fortunes à faire*, pour évoquer les larges possibilités de distillation solaire des figues de Barbarie dans les pays méditerranéens. Il se souvenait, lui au moins, que je restais à Alger de mon plein gré et sur mes seules ressources. Et si il soulignait le potentiel d'enrichissement qu'ouvrait la chaleur du soleil aux habitants, il entrevoyait aussi et surtout autre chose dans mes recherches que le simple marché solaire auquel désirait se vouer Abel. Les femmes algériennes et africaines, notamment, relevait-il, si lourdement chargées des tâches domestiques, pouvaient gagner énormément à la mise à disposition d'une énergie gratuite et inépuisable telle que celle du soleil.

« Combien paraissent mesquines les plus vastes conquêtes des plus grands princes, quand on les compare à l'entreprise de ce professeur de lycée qui ne vise qu'à réduire le soleil en captivité

pour lui faire faire, entre autres, tous les travaux sous le poids desquels, dans l'immense zone tropicale, fléchit le sexe féminin ».

La vie m'avait appris que l'ombre se mélange toujours à la lumière. Depuis Alençon, mon travail était passé par des creux et des sommets que rien, souvent, n'avait laissé présager… 1880 s'effaçait donc avec mes derniers mois de vie professionnelle officielle ? Et alors ? Qu'avais-je gagné et qu'avais-je perdu ? La nouvelle chaudière était une merveille ! Et jamais autant de personnes ne s'étaient intéressées à l'énergie solaire ! Abel était certes un affairiste, mais il était également un technicien sans pareil, et doté d'une volonté de réussir fantastique.

Malgré ma colère, malgré toute la peine qu'il m'avait apportée, je ne parvenais pas à bien le haïr. J'étais certes faible, mais avec Pierrette, désormais résolument et plus que jamais à mes côtés, je pouvais encore faire un bout de chemin. Je pouvais ramasser, par l'expérimentation, l'essai et l'observation, de nouveaux résultats utiles, atteindre quelques objectifs.

Je vis ainsi 1881 s'annoncer sans crainte excessive. Je n'avais plus d'obligations que par rapport à moi-même et par rapport à mon travail. Que pouvait-il m'arriver de pire ?

XXVII

Les 11 et 25 janvier 1881 se déroulèrent les deux premières Assemblées Constitutives d'une entreprise au capital de 1.6 millions de francs, soit plus de 7.3 millions de vos euros. Elle était appelée Société Centrale d'Utilisation de la Chaleur Solaire, et son dirigeant et premier actionnaire, qui apportait dans le couffin de naissance les droits de ses brevets, et surtout de ceux que je lui avait cédés, se nommait Abel Pifre.

Je n'appris la nouvelle que trois mois plus tard, lorsque l'on m'envoya le bref encart paru dans *Le Génie Civil - Revue générale des industries françaises et étrangères*, du 1ᵉʳ mars. Bon ou mauvais génie, Aladin du solaire ou mauvais Djinn, le jeune ingénieur hyperactif que j'avais rencontré en mai 1878 n'avait pas lambiné... De tout frais diplômé, encore presque ruisselant de la sortie de sa chrysalide, il s'était métamorphosé en moins de trois années en un jeune entrepreneur auquel rien en paraissait devoir résister.

Abel Pifre arrivait avec le jour, me dit-on, à ses ateliers du 24 rue d'Assas, où il avait installé non seulement la Société Centrale d'Utilisation de la Chaleur Solaire, mais également plusieurs autres petites marques qu'il fabriquait et commercialisait. On y trouvait une machine broyeuse-teilleuse capable préparer la fibre de chanvre, un nouveau moteur thermique à grand rendement, « système compound », c'est-à-dire comprenant plusieurs étages de cylindres, un monte-charge pour immeubles, et même un système de navettes sur câbles, de type téléphérique, surnommé « transporteur universel ». Les fleurs à soleil, nos concentrateurs semi tronconiques désormais composés de trois pans d'orientation différentes, qu'il avait décidé de dénommer « insolateurs », cohabitaient comme ils le pouvaient avec cette faune mécanique hétéroclite.

Une évidence sautait aux yeux : Abel s'était investi sans compter pour le grand réflecteur de 1878, mais il ne souhaitait en rien y lier totalement son destin. Le solaire, à la différence de la manière dont je lui avais quant à moi voué toute mon existence, n'était pas l'unique corde de son arc. Et c'est l'avenir, semblait penser ce jeune homme, qui déciderait de sa solidité.

En attendant, Abel s'était logé à quelques portes de ses ateliers, toujours sur la rue d'Assas, dans un petit hôtel avec jardin. A Alger, avec le printemps, et l'annonce de la disparition de l'expédition du colonel Flatters, je mis la dernière main à un rapport de huit pages qui fut présenté à la séance de l'Académie des Sciences du 30 mai 1881, sous le titre *Chaleur rayonnante. Sur le miroir conique. Réponse à une communication de M. Pifre.*

C'était une démonstration géométrique qui établissait sans conteste que les concentrateurs solaires tronconiques simples, les abat-jours réguliers que j'avais utilisés depuis l'origine de mon travail, étaient plus performants, plus simples à construire, et chauffaient mieux la base de la chaudière que les modèles à trois pans d'orientations différentes proposés par Abel. Cela fut ma dernière contribution écrite et publiée sur l'énergie solaire. Abel Pifre n'y répondit jamais.

Peu lui importait sans doute. Selon notre accord, je lui avais laissé en effet mes brevets contre la simple charge de me verser la moitié des bénéfices qu'il réaliserait dans ses activités de commercialisation. Il me paierait, tous frais déduits, y compris sa propre rémunération ou « défraiement » en premier lieu. En somme, arrivé à point pour cueillir le fruit de mes vingt années de tâtonnements, il n'avait eu à investir de son côté qu'un travail de promotion et de réalisation d'un grand prototype. Et si Dieu et le soleil le voulait, il pourrait ramasser la martingale…

La fécondité réelle pour les zones désertiques des moteurs ou des cuiseurs solaires, sociale ou industrielle, le soulagement du travail féminin, la réalisation d'huiles essentielles ou de baumes réparateurs, qu'évoquaient pourtant certains journalistes, ou même l'amélioration du sort des plus humbles, des fellahs d'Egypte et des coolies de l'Inde, et l'inscription de ses efforts de technicien dans le grand chemin vivant de la science mécanique vouée aux bienfaits de l'humanité, ne semblaient point aiguillonner son vouloir, ni agiter son esprit et ses espoirs. Malgré les réelles qualités d'ingénieur d'Abel, l'entrepreneur Pifre semblait déjà le porter tout entier, dès cette première année de création de sa société.

A Montpellier, durant cette période, la commission dirigée par le physicien André Crova avait commencé des mesures avec un appareil solaire de quatre mètres de diamètre. Je pensais, par moments, de mois en mois, à ce sud venteux de France où, je n'en doutais pas, allait être enfin établi un premier barème positif des apports énergétiques de nos appareils. Il en étonnerait sans doute beaucoup ! Et, chemin de fer transsaharien ou pas, ce rapport montrerait le ridicule de traiter par la moquerie ou le dédain la capture du rayonnement solaire.

Le 10 novembre 1881, le premier gouvernement dirigé par Jules Ferry fut renversé. Avec lui tombait la toute dernière promesse qui m'avait été faite d'un règlement de 10.000 francs – 50.000 de vos euros - de mes dettes.

Le hasard mauvais, une nouvelle fois, m'emportait, étreint d'angoisses, dans l'air humide des souffles marins d'automne qui traversaient maintenant ma terrasse. Les appareils solaires gisaient comme des morts sous des bâches. Je titubai une dernière fois tout décembre 1881 parmi eux, pour mon dernier tournant de l'an en Algérie.

XXVIII

Je me suis demandé plusieurs années durant, de retour à Paris avec Pierrette, ce qu'il aurait pu advenir si nous étions restés près du rivage où nous nous étions rencontrés. L'évidence solaire et le besoin aidant, aurions-nous convaincu là où d'autres échouèrent ? Un mécène, ou un Abel Pifre des colonies, qui sait, se serait-il un jour présenté à notre porte, le portefeuille gonflé, la mine épanouie ?

Il est certain, quoi qu'il en soit qu'en revenant en Ile-de-France, sans peut-être encore totalement le comprendre, nous fermions à jamais le livre d'un moment d'accomplissement et de plénitude.

Francisque Sarcey apprit mon retour à l'aube de l'année 1882, presque au moment où nous débarquions à Marseille. Il vint nous visiter avant la fin du mois de janvier, et il se lança, en deux papiers qui parurent les 26 et 27 janvier en page 2 du journal *Le XIXe Siècle*, dans une longue homélie de soutien amical.

Rappelant mes débuts, me comparant au personnage de *La recherche de l'absolu* du célèbre roman de Balzac, Sarcey cheminait comme toujours entre l'enthousiasme et l'ironie, entre un regard de sympathie et la moquerie familière des bien nourris. A l'entendre, j'étais une sorte de saint laïc, un peu niais, qui aurait débarqué un jour de sa province dans la capitale du royaume de France, les yeux écarquillés et le soleil au front.

« *C'était une âme simple et naïve, un de ces inventeurs désintéressés comme les romanciers aiment à les peindre, tout entiers à leur découverte, et dont l'oreille ni l'esprit ne sont jamais troublés par aucun des bruits du dehors* ».

Sarcey ménageait ses effets pour intéresser ses lecteurs. Il avait titré *Les pauvres inventeurs*, et il révélait au public, pour la première fois, les multiples et sévères déboires matériels dont s'était accompagné mon retour à Alger, dès 1879. Par figure de style, il me donnait directement la parole.

« *Je sollicitai un supplément de 7.000 francs qui m'était indispensable. Ma demande, fortement appuyée par M. Magnin, sénateur, et par MM. les députés de la Côte-d'Or, fut repoussée par M. Ferry. Je ne m'attendais pas à ce dénouement.*
J'avais, dans ma simplicité d'âme, et voulant gagner du temps, commandé par avance les grands appareils dont j'avais besoin. C'était une imprudence, je le sais bien. Mais que voulez-vous ? J'étais sûr du succès, et ce succès devait se chiffrer, une fois obtenu, par centaines de millions. Je ne croyais pas que l'on pût hésiter. Et, de fait, il me semble que l'on commettait une grave faute en ne venant pas à mon secours.
Les appareils arrivèrent à Alger. Ma famille possédait quelque peu de fortune. J'empruntai de droite et de gauche pour payer les dépenses faites, pour continuer mes expériences, et, je vous le dirai tout bas, pour vivre. Le ministère (tous les malheurs tombent à la fois sur la tête du pauvre monde), le ministère, mal conseillé je ne sais par qui, avait refusé de prolonger ma mission et avait réduit, à partir du 1er octobre 1879, à 600 francs mon indemnité de congé, qui était ma seule ressource ».

Sarcey avait bien suivi mes mésaventures. Il faisait un récit continu de ces 36 mois de montées et de creux que je viens de vous raconter. La suite et la fin de son article vinrent avec le journal du lendemain.

« *M. Mouchot reprit en ces termes le récit que j'ai interrompu hier : Dès le 20 mai 1880 j'avais pu annoncer à l'Institut que j'avais résolu complètement deux des problèmes que je m'étais proposés : l'un, celui de la distillation solaire, j'entends de la distillation obtenue à l'aide du seul soleil, soit directement, soit par l'entremise de la vapeur ; l'autre, celui de l'utilisation du soleil pour obtenir une force motrice constante dans les pays chauds, justement dans ceux qui sont privés et de mines de houille et de chutes d'eau.*

Vers ce temps, j'eus l'honneur de recevoir la visite de M. le docteur Gavarret, inspecteur général de l'enseignement supérieur, qui voulait se rendre compte par lui-même et sur place des résultats que j'avais obtenus. M. Gavarret fit sur mes travaux un rapport des plus élogieux, demandant que l'on ne laissât pas à ma charge les dépenses d'essais qui venaient d'ouvrir à l'industrie une voie nouvelle, et que l'on m'accordât une pension de 2.500 francs pour services rendus au pays.

M. Gambetta, à qui ce rapport fut soumis, voulut bien promettre qu'il le recommanderait à M. Constans, alors ministre de l'Intérieur. Mr. Constans me fit dire par M. Paul Bert qu'il était prêt à fournir sur son budget les fonds nécessaires, mais qu'il désirait l'assentiment de M. le Gouverneur Général. Cet assentiment me fut promis par M. Albert Grévy, qui m'assura plus tard s'être entendu à mon sujet avec M. Constans. Je continuai donc de vivre, jusqu'à la chute du ministère Ferry, dans une espérance qui fut vaine. M. Paul Bert devint ministre. Je me hâtai de lui rappeler ma triste situation. Il me fit répondre par son secrétaire particulier qu'il était favorablement disposé pour moi, et qu'il chercherait les moyens de me venir en aide. Il m'accorda néanmoins tout de suite pour 1882 une indemnité de 600 francs, qu'il prit sur les fonds destinés à l'encouragement des sciences ».

Sarcey, en familier des cercles du pouvoir, m'avait tiré du nez tous les noms de ministres qu'il avait souhaité. Je n'en étais plus aux prudences, et les lui avais facilement abandonnés. Et pour le cas Abel, il me roula plus aisément encore dans la farine.

« Pourquoi n'avoir pas en effet, me dit-il, puisque vos recherches visaient à des applications pratiques et d'un potentiel économique considérable, pris des brevets, puis cédés ceux-ci à quelque industriel ou lanceur d'affaires ? Vous auriez compensé et traversé ainsi les aléas du soutien de la puissance publique ».

Je lui expliquai que tout ceci avait été fait. Et que depuis mai 1878, peu après notre première rencontre avec Abel, il avait été établi devant notaire que celui-ci me verserait la moitié des bénéfices qu'il pourrait réaliser. Je lui expliquai même que je commençais à comprendre que cela était un étrange accord… Nous n'étions pas, cela sera confirmé plus tard par des magistrats, à proprement parler associés. Je ne m'étais pas engagé, et de fait j'avais tout abandonné à Abel : les bons et les mauvais choix, les modifications des appareils, les stratégies de vente, les priorités, les dimensionnements, les publics visés, l'ensemble du devenir commercial et industriel. L'ensemble était laissé à la charge unique du nouveau propriétaire des brevets.

Je me suis fait depuis l'effet d'un chercheur de trésor qui, devant la plage de la cachette, enfin trouvée, laisse à d'autres le soin de creuser et demeure convaincu que sa part, à la moindre pièce près, lui sera régulièrement versée… Il fallait une belle dose de confiance en autruii pour se lancer ainsi. Mais la rencontre avec Abel, je vous l'ai expliqué, et je le dis également à Francisque Sarcey, avait été tellement pour moi… Et puis tout était si incertain encore, à cette date, avant notre grand appareil de 1878, qui aurait pu ne jamais exister.

Sarcey, bien évidemment, se garda de prendre parti. Son public avait pu rire ou s'apitoyer de ma pomme et il pressentait que les actionnaires et le dirigeant de la Société Centrale d'Utilisation de la Chaleur Solaire, sait-on jamais, méritaient d'être ménagés. Son sens de la formule lui permit de conclure, avec un vague appel final à la générosité de l'Académie des Sciences.

> « Ici je suis bien obligé de reprendre la parole, ne pouvant plus la laisser à M. Mouchot. Je ne connais pas assez l'affaire pour dire qui a raison de la Compagnie ou de lui ; car tous deux se plaignent l'un de l'autre.
>
> M. Mouchot assure que l'on a profité de son inexpérience des affaires pour le dépouiller de sa part légitime dans les bénéfices de l'association. Les chefs de la Compagnie accusent l'humeur intraitable de l'inventeur qui, perdu dans les spéculations théoriques, ne veut pas faire de concession aux nécessités pratiques de l'entreprise ; qui se refuse à comprendre que des gens qui apportent des millions dans une affaire tiennent à en garder le maniement.
>
> Je ne me permettrai pas de me prononcer entre ces deux intérêts rivaux. Je sens naturellement des sympathies plus vives pour le pauvre diable de savant qui a usé sa vie à la poursuite d'une idée. Et cependant je suis forcé de reconnaître que la Compagnie a raison quand elle fait remarquer que jamais entreprise fut plus aléatoire ; qu'elle mangera sans doute des millions avant de rapporter ; que ceux qui n'ont pas craint d'y hasarder leurs capitaux ont témoigné d'une certaine hardiesse d'esprit, et qu'ils ont fait de leur mieux, en offrant à M. Mouchot une part éventuelle dans des bénéfices qui mettront peut-être dix ans à se produire.
>
> Encore un coup je ne veux pas prendre parti ni mettre mon doigt, comme on dit, entre l'arbre et l'écorce. Tout ce qui résulte pour nous de cet exposé, c'est que le malheureux inventeur, soit qu'en effet il ait été frustré par de plus habiles, soit que plus simplement il ait été victime des nécessités sociales qui pèsent sur la plupart des inventeurs, a été obligé de quitter pauvre et pis que pauvre - car il a des dettes - cette terre d'Afrique où il avait accompli une œuvre si grande. Une dizaine de mille francs environ restent dus par lui sur les appareils qu'il avait fait construire.

La France a une dette de reconnaissance à payer à cet honnête homme qui fut un ingénieux et laborieux inventeur ».

Le 31 janvier 1882, quatre jours plus tard, effet ou non de l'entregent de Sarcey et de la publicité qu'il m'avait donnée par son article, le ministre Paul Bert, poussé dehors par un nouveau remaniement ministériel, avant de quitter son bureau, m'accorda une indemnité de 1200 francs – 5500 des vos euros à tout casser.

Nous étions loin de sortir des débits et des livres de compte avec Pierrette, mais cela n'était pas un geste négligeable pour autant. Par ailleurs, d'autres personnes avaient découvert notre situation par l'article, et ils nous pressaient d'exiger des éléments précis d'Abel Pifre. Combien d'appareils solaires avait-il vendus ? De nouvelles commandes étaient-elles en cours ? Comment se rémunérait-il avec la levée de capital réussie, et quels étaient les frais généraux de l'entreprise ?

Je lambinais quelques semaines, puis je me résolus, pour obtenir des réponses, le 24 février 1882, à l'assigner devant le tribunal Civil de la Seine.

XXIX

Les procès et procédures judiciaires ne sont un spectacle que pour ceux qui n'y tiennent aucun rôle. Et la série qui s'ouvrit ce triste matin de fin février, pas moins de sept audiences au total, a représenté pour notre couple, avec Pierrette, une nouvelle et longue épreuve de résistance.

Abel, ce premier matin de mars 1882, canne cirée et couvre-chef impeccable, vint nous remettre un compte qui établissait que, loin d'avoir réalisé des bénéfices, son entreprise n'avait pour l'heure pas même réussi à couvrir entièrement les dépenses qu'il avait engagées. Les insolateurs, à l'entendre, mangeaient plus qu'ils ne pouvaient rendre. Et ceci malgré son bon vouloir et son activité débordante.

Je me rendis quelques jours plus tard avec un comptable à son bureau, et je pus constater qu'il avait si bien mêlé ses différentes affaires et appareils qu'il était impossible de les démêler. Poissons nobles et vulgaire fretin gisaient dans la même nasse… Les ateliers du 24 rue d'Assas fonctionnaient indistinctement pour nos cuiseurs-distillateurs, pour le moteur solaire, pour le broyeur à chanvre, pour le moteur à double série de pistons, pour les ascenseurs et autres escaliers mécaniques de la maison Abel Pifre. Le cahier de comptes unique, l'indistinction des matériaux, ainsi que le partage des locaux et des ouvriers empêchaient toute conclusion. Il fallut attendre le 5 décembre 1882 pour qu'Abel nous communique, enfin, une comptabilité prétendument séparée. Je nous fais grâce, à vous comme à moi, du détail si désagréable de tout ce qui suivit…

A écouter le jeune industriel Pifre, qui faisait remonter ses frais à la date de nos premiers contacts, soit au début de l'année 1878, pas le moindre centime ne lui était revenu de sa conversion à la promotion et au développement de l'énergie solaire. Malgré l'audience exceptionnelle de l'Exposition Universelle, malgré les ventes réalisées pour plus de 80.000 francs – 360.000 de vos euros, tel que le certifiera un ingénieur-expert mandaté par le juge -, ou du moins pour 40.000 francs - 180.000 euros, tel que l'admettra Pifre lui-même -, le reliquat des bénéfices à me verser était négatif de 2.400 francs – 10.000 de vos euros.

Abel Pifre, depuis quatre ans, s'était démené pendant trois mois à mes côtés, était venu deux fois en Algérie, en sus de quatre déplacements dans le Sud de la France. Il avait, ou allait lancer dans les mois à venir une poignée de publicités ou d'encarts journalistiques. Et il s'était contenté, sinon, d'ajouter à son catalogue et à ses ateliers nos appareils solaires, grâce auxquels il avait levé 1,6 million de francs, plus de 7 millions de vos euros. Ces maigres activités justifiaient au total, selon lui, d'un débours de 38.000 francs, soit 170.000 de vos euros. Il se payait bien, c'est le moins que l'on puisse dire. L'expert, d'ailleurs, ne lui accorderait que 6.000 francs de frais généraux, soit 25.000 de vos euros.

Avec Pierrette, nous avons compris devant ces distorsions, et au fil des années et des procédures, que le solaire avait été le produit d'appel sur lequel l'entrepreneur Abel Pifre construisait ses fondations. Avait-il deviné la bonne affaire dès notre rencontre ? Ou est-ce son impatience à réussir, et son sens des affaires, qui le menèrent rapidement à ne garder qu'un œil, de loin en loin, sur le solaire, une fois refermées les portes de l'Exposition Universelle de 1878, et une fois acquis que des escaliers qui avancent tout seuls se vendraient mieux que des bouilloires à soleil ? Je continue de le croire sincère à l'origine. Puis d'avoir, emporté par le flot de la réussite, rapidement navigué sur la barque que nos appareils lui avaient en partie permis d'acquérir, laissant le vieil Augustin sans le sou sur la rive.

Je n'ai jamais contesté au plus profond de moi-même que tout travail mérite son dû. Et celui d'Abel pas moins que tout autre. Mais alors que ce jeune homme, que j'avais presque pris pour un fils, connaissait ma situation, et les mauvais hasards qui m'avaient jeté au vrai dénuement, pourquoi ne pas m'avoir partagé ne serait-ce que quelques miettes, peut-être le quart, ou le tiers, de ce qui avait été moissonné ? A quel implacable morale s'était donc voué ce jeune homme pour y avoir sacrifié jusqu'au souvenir de notre amitié ? Quelques billets abandonnés à un professeur du secondaire retraité, et quasi-obsessionnel, auraient-ils ralenti sa carrière ? Je n'ai jamais compris, jusqu'à ma mort, ce choix d'un homme à qui l'argent affluera comme un fleuve toute sa vie durant.

Après les expertises de comptabilité, les contre-expertises, les procédures en appel, vers 1890, Abel s'en est tiré sans me verser un centime. L'ingénieur-expert avait estimé dans son analyse qu'Abel aurait dû me verser, pour les ventes réalisées, plus de 40.000 francs, 180.000 euros, lesquels m'auraient bien permis de solder mes dettes ! La décision de relaxe intervint sept ans plus tard. Le temps avait passé. Dans l'intervalle, la Société Centrale d'Utilisation de la Chaleur Solaire, vers la fin de l'année 1883, avait été dissoute. Sur les 7 millions d'euros de capital de l'entreprise, Abel avait pris, dès la création, 450.000 de vos euros, 100.000 de nos francs en espèces. Puis il s'était versé un salaire très confortable. Ceux qui l'avaient suivi dans l'entreprise de cuiseurs et de moteurs solaires ne revirent que 2% de ce qu'ils y avaient mis. Il continua dans les escaliers mécaniques et dans les ascenseurs jusqu'à en devenir le plus grand industriel de France, en s'associant avec la société américaine Otis.

Dix ans après ma mort, et deux ans avant la sienne, en 1926, Charles Maurin, scientifique-météorologue éminent et directeur de l'Institut de Physique du Globe de Paris, rapporta qu'Abel

Pifre avait réalisé une installation sur une île française, à une date que j'ignore.

> « *M. Pifre a installé à l'île de Porquerolles une petite installation pour l'élévation de l'eau qui a donné de très bons résultats et fait des expériences en Egypte. Absorbé par d'autres travaux, M. Pifre, que j'ai eu l'avantage d'entendre récemment retracer ces essais, n'a pas pu les poursuivre ; mais il a continué de penser qu'on pouvait espérer obtenir dans les pays chauds des utilisations pratiques de la chaleur solaire. Il avait signalé la difficulté provenant de l'altération des miroirs employés pour concentrer les rayons solaires, difficultés qu'ont rencontrées ses continuateurs* ».

Ainsi Abel, qui allait sur ses soixante-quinze ans, au terme de sa belle carrière d'entrepreneur, se souvenait-il encore sans la renier d'une conviction de sa jeunesse… Cela est peu, sinon presque rien, selon le point de vue. Mais à l'échelle des temps d'où je me situe, cet aveu de demi-mot, même rapporté et peut-être apocryphe, m'est plus précieux que l'argent qu'il ne m'a jamais versé. L'Histoire ne repasse jamais les plats. Et ceux qui n'ont pas su se servir à temps mangent froid ou font disette.

Les usages thermiques et de force du rayonnement du soleil, j'y ai comme d'autres beaucoup pensé par la suite, ont manqué de peu pour convaincre. Abel, certes, n'est pas resté totalement inactif. Et sans être très rémunérateurs, je suis convaincu que les appareils solaires ne lui ont pas fait perdre d'argent, bien au contraire. Sans doute ces appareils n'étaient-ils pas destinés à permettre à quiconque de faire immédiatement fortune. Mais ils pouvaient, produits en série, perfectionnés, trouver des acheteurs nombreux sur de nombreux territoires.

Evidemment, sans le gigantesque projet du transsaharien, ou sans les autres programmes d'aménagement et de conquête humaine des grands espaces sud-algériens, les brevets que j'avais cédés à Abel ne pouvaient fructifier aussi vite qu'il l'avait sans doute espéré en 1878. La Société Centrale du Solaire, avec sa levée de capital énorme, n'était adaptée qu'à ce gigantisme. Et la disparition du colonel Flatters, moins de deux semaines après sa création, lui avait porté un coup fatal. Une entreprise plus modeste, sans mon éviction et avec patience, en continuant les recherches vers la thermoélectricité solaire et la décomposition de l'eau en hydrogène, en acclimatant patiemment les cuiseurs et les pompes solaires en Algérie, puis dans le reste de l'Afrique, en Italie, au Mexique, en Pennsylvanie, en Inde et en Arizona, aurait peut-être mieux réussi... Je ne dis pas que cela aurait renversé la table de l'Histoire. Le charbon et l'huile de roche n'auraient assurément pas été remplacés partout par nos grands abat-jours solaires. Mais dans les pays du grand soleil, il est possible que des choses aient pu prospérer, des vies être soulagées, embellies, par le travail gratuit de Phébus.

Ma misère matérielle, contrairement à certaines images faciles, n'a pas été comme l'ombre de la richesse de l'entrepreneur Abel Pifre. D'une certaine manière, il s'est lui-aussi tenu dans une demi-ombre, en suivant un destin de pure réussite industrielle, avec ses ateliers de plus de 400 personnes, à Lyon, puis dans la Somme, où il a même fabriqué des obus avec 1400 ouvriers, dit-on, pour finir. Sa prospérité, son domaine avec château qu'il a fait édifier dans la grande plaine des Hauts de France, tout est parti, à l'heure où vous m'écoutez, à l'oubli et aux ronces.

Car il n'est qu'une seule véritable pleine lumière, vous le savez comme moi. Et c'est le Soleil !

X X X

Le 3 avril 1882, au printemps de cette année où tout semblait encore possible, et où la Société Centrale d'Utilisation de la Chaleur Solaire soufflait sa première bougie, le professeur de physique André Crova déposa son *Rapport sur les expériences faites à Montpellier pendant l'année 1881 par la commission des appareils solaires*. Cette première version manuscrite, délivrée à l'Académie des Sciences, fut légèrement amendée et étoffée pour être publiée dans l'année, sur 45 pages et avec un croquis.

J'avais, comme Abel sans doute, attendu et appréhendé tout à la fois, avec impatience, cette première évaluation générale et continue sur une année durant de nos appareils. Nous en fûmes tous deux, comme l'écrivit rapidement un journaliste, pour une douche froide.

André Crova avait fait sa carrière et sa réputation sur la mesure de la constante solaire, une valeur arbitrairement définie comme celle de la quantité d'énergie du soleil reçue sur un carré de 1 mètre de côté hors atmosphère. Une mesure directe du rayonnement dans l'espace étant, à mon époque, à peu près impossible, la constante solaire s'obtenait par l'usage d'un actinométre, sorte de thermomètre à soleil capable d'étalonner les variations de la radiation.

Crova et ses collègues de Montpellier, on s'en souvient, ainsi que la commission de Constantine, dont nous n'aurons jamais la moindre nouvelle, avaient pour mandat de définir si, oui ou non, nos appareils pouvaient rendre des services utiles dans le cas du lancement d'un grand chantier de chemin de fer transsaharien. En d'autres termes, le Ministère des Travaux Publics demandait une évaluation pratique des capacités de pompage ou d'usage d'un moteur rotatif à partir de la vapeur solaire, et des potentialités de distillation, de cuisson, de calcination de matériaux à partir de la captation du même rayonnement.

Le professeur Crova ne répondit pas à la demande. Il donna seulement un exposé en chaire d'un prétendu rendement économique des insolateurs, lequel consistait dans le calcul fumeux des calories effectivement utilisées par les appareils solaires, calories mesurées à partir de la quantité d'eau distillée d'heure en heure, et qui étaient ensuite divisées par celle que mesuraient, une fois redressé de la température, de l'hygrométrie de l'air et de la hauteur du soleil, et donc de la transparence de l'atmosphère, un actinomètre inventé par le professeur Crova lui-même.

Le chiffre de cette division était parcouru de bas en haut par de nombreuses approximations. Il était même si fantaisiste que Crova en personne, dans son rapport, devait admettre que les jours de vent, si nombreux à Montpellier, il ne pouvait se livrer à ses mesures actinométriques, son petit engin étant trop secoué, alors que l'appareil solaire fonctionnait parfaitement de son côté. Le professeur de faculté reconnaissait également que, les jours de grande intensité solaire, le manchon de verre arrêtant une partie des radiations mesurées par l'actinomètre, le rendement calculé diminuait, alors que la quantité de chaleur augmentait… Les appareils avaient un rendement mesuré diminué dans les périodes précises où, justement, ils chauffaient le plus. On croyait rêver.

Le parti-pris du bonhomme fut résumé dans ses dernières lignes.

« En France et dans les climats tempérés, l'énergie de la radiation solaire est trop affaiblie au niveau du sol (…) pour que l'on puisse espérer pouvoir emprunter dans des conditions économiques et

régulières une partie de l'énergie solaire pour l'appliquer aux besoins de l'industrie.

Telle est mon opinion personnelle, qui résulte des expériences que nous avons faites pendant la durée de l'année 1881. (…)

Remarquons d'ailleurs que, dans les conditions dont nous parlons, le prix du travail moteur ou de la chaleur équivalente a une importance relativement faible, vu la facilité de transport du combustible.

Mais dans les pays où le soleil (…) envoie des radiations plus intenses, la conclusion serait-elle identique ? La réponse à cette question exige la connaissance de trop de points spéciaux pour que nous puissions la donner ici ».

Sans répondre, mais en répondant quand même, en se couvrant de son opinion personnelle tout en étalant complaisamment son protocole de mesures scientifiques prétendument rigoureuses, ce physicien, enfant du sud-ouest, par un paradoxe du destin, tuait la possibilité de compréhension rationnelle et expérimentale de la générosité du ciel qui l'avait vu naître. Le coup de poignard dans le dos était rude.

D'autant que, suite à notre conflit avec Abel, nous nous présentions désunis pour la bataille, et qu'à vrai dire, de mon côté, je n'étais plus en capacité de lutter. J'avais abandonné à la Faculté des Sciences d'Alger mon appareil le plus performant et me cachais presque des créanciers, espérant vainement et toujours un nouveau soutien. A deux, peut-être, aurions-nous renversé la vapeur contraire que nous soufflait au visage cet académique de livres et de salons.

Abel, multi-occupé, co-réalisa ou délégua trois grandes réponses qui, bien que non sans pertinence, firent au total long-feu dans l'année qui suivit. Toutes étaient de la réclame-communication, mais d'un ordre différent et particulier à chacune.

La première, qui intervint dès le 6 août suivant, se déroula en plein centre de Paris, dans le jardin des Tuileries, à l'occasion d'une Fête de la Jeunesse organisée par la presse républicaine. Gaston Tissandier, éditeur de la revue *La Nature* et grand météorologue aérostier, en donna un compte-rendu dès le 26 août, repris deux fois aux Etat-Unis dans les trois mois qui suivirent.

Abel avait fait venir près du grand bassin, au bas de la rampe du Jeu de Paume, un concentrateur solaire de 3,5 mètres de diamètre à l'ouverture. Ce magnifique appareil envoyait sa vapeur dans un petit moteur vertical d'une force de 30 kilogrammètres par seconde, c'est-à-dire, dans vos mesures, près de 300 watts (1 kgm = 9,8 Joules, 1 W = 1 J / s, P = 30 x 9,8 / 1 = 294 W). Ce petit moteur était relié à une presse à imprimer Marinoni, et de 13h30 à 17h30, il avait imprimé 500 exemplaires à l'heure d'une feuille de chou intitulée évidemment *Le Soleil-Journal*, « rédacteur en chef-imprimeur Phoebus ».

Tissandier avait fait réaliser par les ateliers de Louis Poyet, avec lesquels il collaborait régulièrement, une gravure qui, non seulement traversa l'Atlantique, mais qui est encore pour vous qui m'écoutez aujourd'hui le visuel le plus populaire et le plus diffusé de l'ensemble de nos activités. Etait-ce l'association à l'écriture, et à une activité distincte du monde agricole, du pompage de l'eau ou de la cuisson ? Etait-ce la qualité d'exécution ? Je l'ignore. Mais cette exhibition et son illustration furent un coup de maître, qui fit beaucoup plus pour la notoriété des appareils solaires que nombre de nos plaidoyers devant les académies.

Le texte d'accompagnement de Tissandier, à sa manière, répondait à l'insolent Crova.

> *« Ce n'est point une révolution dans l'art de l'imprimerie ; mais le résultat est suffisant pour qu'on puisse juger des services que peuvent rendre les insolateurs sous des latitudes soumises à une radiation à la fois plus forte et constante. Il nous paraît évident que dans les pays chauds l'héliodynamique doit trouver parfois un utile et économique emploi ».*

A toute nouvelle réalité, comme le montrait Tissandier avec les « insolateurs » et l'« héliodynamique », il faut sa nouvelle langue et son nouveau vocabulaire. Abel, et cela fut sans nul doute son deuxième effort de médiatisation principal, l'avait bien compris, et il avait même engagé notre ami le petit Louis-Etienne, le fils du confiseur Baudier de Semur-en-Auxois, avec lequel nous avions passé nos si belles soirées de l'été 1878. Louis-Etienne, qui piétinait dans ses avancées littéraires et commençait à tirer le diable par la queue, fit office d'une sorte de plume ou de secrétaire particulier pour la partie solaire des activités d'Abel.

Dès le début de l'année 1881, il travailla à l'écriture de ce qui fut son premier ouvrage publié, sous le titre ronflant, et un peu trop martial à mon goût, de *La conquête du Soleil - Applications scientifiques et industrielles de la chaleur solaire (Héliodynamique)*. Charles Marpon et Emile Flammarion, les éditeurs, connaissaient le métier et ils avaient soigneusement encadré le débutant. Sur 420 pages et près de 56 gravures de qualité, l'ouvrage délivrait trois parties équilibrées qui parcouraient tour à tour « Le soleil d'après la légende et la science », « Le développement de l'héliodynamique et de l'héliostatique », et bien entendu, pour finir, « Les applications industrielles » des nouvelles technologies du solaire.

On cheminait, dans le contenu, entre la simple synthèse de travaux antérieurs - dont mon ouvrage ou des extraits de mes compte-rendus au Ministre de l'Instruction Publique -, la reproduction littérale et plus ou moins intégrale - telle celle sans commentaires du rapport d'André Crova ou de mes mesures algériennes -, et la pure réclame publicitaire des produits Pifre et compagnie. Baudier, qui signait pour la première fois et comme durant toute son existence de l'éclatant Louis de Royaumont, servait la soupe sans faire trop de manières.

« Du jour où M. Mouchot associait M. Abel Pifre à son entreprise, commence une phase nouvelle pour elle ; il lui communique une

nouvelle vie, il lui insuffle un sang plus jeune. Et dès lors il va cesser de perfectionner ses appareils, laissant ce soin à son successeur. Une nouvelle mission et de nouvelles subventions lui sont encore accordées par une administration généreuse jusqu'au bout, mais elles ne donneront aucun résultat. M. Mouchot a cédé ses droits à M. Pifre. Ce jeune ingénieur est désormais le seul constructeur des appareils qu'il amènera à la perfection sous le nom pittoresque et si juste d'Insolateurs ».

Voilà qui était envoyé. Alors que j'attendais encore d'Abel les chiffres de vente et la part légitime de vingt ans de labeur solitaire et acharné, sous l'effet d'un nouveau nom pittoresque, et de l'énergie de jeunes cellules biologiques plus actives, j'étais rangé définitivement aux archives. La perfection s'était faite homme par l'entremise de l'ingénieur Abel Pifre. Le pittoresque Mouchot, qui avait amusé, devait passer à la trappe.

Je n'en fus, à vrai dire, pas tellement étonné… Et il n'y avait pas que phrases méchantes à mon encontre dans son livre, de la part du fils Baudier. Abel l'avait emmené en Algérie, puis ce serait bientôt la Tunisie, où il resta plus longtemps, je crois. Il lui déléguait des démonstrations, il l'introduisait dans un monde demi-savant et demi-artistique, où le petit Bourguignon allait, tant bien que mal, faire en définitive sa vie et sa place. Un peu avant mon décès, savez-vous qu'il a ouvert, dans l'appartement même du grand écrivain qu'il louait depuis quelques années, à Passy, un Musée Balzac ? Et que Pauline, sa femme, écrivaine, figure marquante des toutes nouvelles féministes, fut la première à oser candidater à l'Académie française, qui ne daigna pas même lui répondre ?

Je n'ai jamais revu Louis-Etienne, mais j'ouvrais souvent son livre, qu'il m'avait fait parvenir. J'aimais surtout ces quelques pages, presque de roman, où il décrivait des pays du soleil dont l'énergie et les activités seraient toutes entières issues du rayonnement de l'étoile du jour.

« *D'immenses réservoirs alimentés par les pompes solaires distribueraient l'eau par de nombreux canaux d'irrigation. De petits railways mettraient ces terres en communication les unes avec les autres. La force motrice des petites locomotives à air comprimé serait fournie par de grands réservoirs d'air alimentés aussi par les pompes solaires. Les insolateurs industriels seraient généralement adoptés pour la mise en action de tout le mécanisme agricole, moissonneuses, trieuses, batteuses, etc. ainsi que pour les moulins à blé. Toutes les récoltes seraient concentrées au chef-lieu et là on les traiterait le plus souvent par l'intermédiaire de la chaleur solaire. On procéderait à la mouture des grains, à la trituration des huiles, à la caléfaction et à la distillation du vin, au rouissage des textiles. Les bois seraient débités, les filasses tissées, les pommes de terre réduites en fécule et les dattes en eaux-de-vie fines, sans qu'aucun autre combustible que le Soleil ait été consommé. La village a son hammam, et c'est encore le Soleil qui chauffe les étuvées. Il a son journal imprimé sur le papier qu'il se fabrique ; les illustrations sont obtenues par l'hélioplastie et c'est un insolateur qui met la presse en mouvement ; aussi cette feuille que le Soleil inspire et imprime, organe officieux d'un village où rien ne se fait que par le Soleil s'appelle-t-elle d'un nom qu'on retiendra L'Héliophile. Vous le trouverez à cinq heures dans tous les kiosques* ».

La projection dans l'imaginaire n'est pas sans importance ni sans fonctions dans le monde réel. Mais les helio-mots n'ont pas suffi, malgré les efforts d'Abel et de l'écrivain débutant De Royaumont, pour lancer une véritable industrie du solaire. Je pense que j'aurais plus misé pour ma part sur de nouvelles applications, et sur une présence plus durable à Tunis ou à Alger.

Dans sa croisade anti-Crova, cela fut son troisième axe, Abel chercha cependant à répondre aussi plus directement à l'universitaire-professeur, bien que sans l'attaquer frontalement et en son nom. Le 9 février 1883, dans la suite du lancement de l'ouvrage de Baudier-Royaumont, parut un long supplément illustré de neuf pages du journal *La Croix*, sous le titre *Une science nouvelle. L'héliodynamique*. On y trouvait, en ouverture, une belle illustration, sur une moitié de page, d'un scientifique du solaire présenté devant un tableau noir où s'étalait, tracé à la craie, un réflecteur reprenant la forme en corolle de nos cuiseurs et appareils. Le pupitre derrière lequel se tenait le savant du soleil était encombré de petites machines solaires de démonstration.

Je repensai, en voyant l'image, aux conférences solaires d'Achille Cazin, en 1870, qui avaient commencé à s'intéresser treize ans plus tôt à mes activités.

Le dossier du journal était signé des initiales d'un mystérieux L. B. - ingénieur, qui se proposait, après avoir classiquement retracé les devanciers et mes expériences en Algérie, de faire « une courte réponse » aux appréciations du professeur Crova. Ne s'agissait-il pas d'un Louis Baudier soudainement diplômé ? Je n'en mettrais pas ma main au feu solaire. Mais l'important était que les arguments, bien chiffrés, rétablissent quelques ordres de grandeur importants.

Aux vrais-faux doutes du professeur de Montpellier sur l'intérêt économique des appareils solaires, il était ainsi répondu que, en partant du besoin de « 20 kilogrammes de vapeur par cheval et par heure » des petits moteurs alors disponibles en 1883, on pouvait déduire le besoin d'une « surface d'insolation » de « 16,32 mètres carrés », c'est-à-dire moins de 5 mètres de diamètre pour un réflecteur tel que les nôtres.

Ramené au prix du charbon, et à la consommation réelle des moteurs, un peu sous-estimée par Crova, l'économie de 2,5 à 3 kg de houille par cheval et par journée de 10 heures était alors soulignée, dans tout son intérêt économique, par le mystérieux ingénieur. L'appareil solaire de grande taille, à 2.500 francs-11.000 de vos euros, pièce, est payé en trois ans en Egypte, en dix-sept mois au Chili, en huit mois en Afrique du Sud, écrivait-il. Et en France, à environ 25 francs-115 euros la tonne, n'est-ce rien que 3,2 kilos de charbon par jour qui restent à la cave ?

Le professeur Crova et son confortable traitement universitaire, comprenait-on, n'avait pas saisi et senti cela.

> *« N'est-ce rien pour de petites gens qu'une économie de 60, 120, 150 et 500 francs- 2.300 euros, réalisée avec des appareils qui valent en moyenne de 150 à 300 francs -1.300 euros ? »*

Tout était dit, et ma foi, j'avoue avoir bien goûté cette démonstration lorsque je pus la lire. André Crova était renvoyé à sa théorie et ses approximations de laboratoire. La fin du dossier présentait une assez belle gravure d'un appareil solaire, dans la cour des ateliers d'Abel, avec le propriétaire lui-même, portraituré de trois-quarts, mains dans le dos, en frac et demi-melon sur la tête. L'héliotechnique de l'ingénieur-entrepreneur Pifre touchait ici à son apothéose mais courait, sans le savoir encore, à la liquidation.

Un an et huit mois plus tard, le 15 octobre 1883, la *Revue Industrielle* publia un petit encart, qui me fut apporté et que j'ai conservé jusqu'à ma mort.

> *« A VENDRE Les brevets Mouchot et Abel Pifre, pris en France et en divers pays pour l'utilisation de la chaleur solaire. Les appareils solaires construits et leurs accessoires. Les plans et modèles de construction. Le matériel, outillage et mobilier industriel, le droit aux baux, des bureaux et ateliers occupés par la Société, rue d'Assas, n°24, et d'un PETIT HOTEL avec JARDIN, situé rue d'Assas, n°30, à Paris ».*

La fin de la Société Centrale d'Utilisation de la Chaleur Solaire s'est mêlée des raisons que j'ai racontées. Et vos historiens s'y perdent encore.

En juillet 1883, pourtant, peu avant qu'Abel n'abandonne la partie, on apprit que s'était créée en Californie une Solar Heat Power Compagnie, avec un capital de 100.000 actions de 500 francs, près de 200 millions de vos euros. Les *Mémoires de la Société des Ingénieurs Civils de France*, qui reprenaient l'information, relevaient que le modèle initial de chaudière envisagé, de forme conique comme la nôtre, avait été abandonné au profit d'une forme cylindrique à chaudière horizontale. Le ton était enthousiaste.

> *« On a la conviction de pouvoir obtenir une force de 5 chevaux de 7 heures du matin à 5 heures du soir. Tout le monde sait que le soleil donne d'énormes quantités de chaleur. Ericsson, Mouchot et autres savants ont démontré que la chaleur émise par le soleil, après absorption par notre atmosphère, peut développer plus de 1 ¼ de cheval par mètre carré. (…)*
>
> *Nous savons bien qu'on objectera la marche intermittente des machines à cause des temps couverts, mais il ne faut pas perdre de vue que dans l'été, où, dans ces contrées, les pluies sont extrêmement rares, le ciel est toujours pour ainsi dire sans nuages ; on pourrait employer les machines à comprimer de l'air ou à accumuler de l'électricité que l'on utiliserait la nuit. Les villes situées dans les prairies pourraient être éclairées à l'électricité pour ainsi dire sans frais ».*

Vers la même époque, le révérend américain Charles Henry Pope publia *Solar Enginery*, un premier petit opuscule qu'il compléta vingt ans plus tard d'une traduction libre de mon livre. Mais le destin outre-Atlantique du solaire, qui avait commencé avec les recherches d'Ericsson, en même temps que les miennes, dans les années 1860, ne fut en définitive pas beaucoup plus éclatant que le nôtre. La compagnie californienne du solaire ne prospéra guère, et il n'y eut que quelques avancées expérimentales et industrielles isolées, de loin en loin.

En 1901, Audrey Eneas, un ingénieur anglais vivant aux USA, revint vers la forme conique de nos réflecteurs et en fabriqua un plus grand, de 10 mètres de diamètre, mais plus étroit. L'engin travailla parfaitement à pomper l'eau dans un élevage d'autruches, et dans une ferme à melons d'Arizona. Mais, fragile aux tempêtes de vent, et surtout deux à cinq fois plus cher à l'achat qu'un moteur traditionnel, il ne prospéra pas. Malgré les gains de combustible, l'Amérique ne carbura pas au Soleil.

Peu avant ma disparition, vers 1905-1910, Willsie et Boyle, puis un certain Shuman vers Philadelphie, se relancèrent dans l'aventure industrielle à leur tour, avec l'usage de l'ammoniaque chauffé, comme l'avait annoncé en France Charles Tellier. Tout cela marchait, et bien, je le savais. Tout cela était intéressant pour les pays les plus au sud, Chili, Inde, Australie, Egypte et la grande Afrique... Charles Pope, le pasteur du solaire, dans son dernier livre, *Solar Heat. - Its Practical Applications*, du coup, me sanctifia presque.

> *« Tous doivent l'honorer comme le plus grand pionnier de l'énergie solaire. Le monde lui doit beaucoup ».*

Je me trouvais désormais rangé, deux décennies après la fin des activités d'Abel, aux côtés de bien grands noms.

> *« Watt, Stephenson, Fulton, Morse, Bell et leurs pareils, ces bienfaiteurs de l'humanité qui, au prix d'une grande souffrance, ont fait passer d'immenses forces et procédés de la recherche empirique aux applications pratiques ».*

Mes pauvres cuiseurs et mon moteur à vapeur solaire ne sont ni le télégraphe, ni le téléphone, ni les locomotives ou les navires à charbon. Et si brave homme d'église américain Pope ne buvait pas trop de vin de messe, il semble s'être parfois un peu enivré de ses rêves de soleil... Le Saint Mouchot n'existe pas. Il n'y eu, maintenant que nous pouvons nous retourner et embrasser d'un regard ces décennies qui commencèrent si petitement par les jeux solaires d'Alençon, qu'un professeur de physique un peu têtu, assez travailleur, servi et desservi tout à la fois par quelques rencontres du hasard des temps, comme chacune et chacun d'entre nous.

La vie est courte et belle. Je n'ai pas eu, en définitive, de statues ! Mais qu'importe, si un jour l'humanité se décide à utiliser vraiment et pleinement toute la générosité du Soleil.

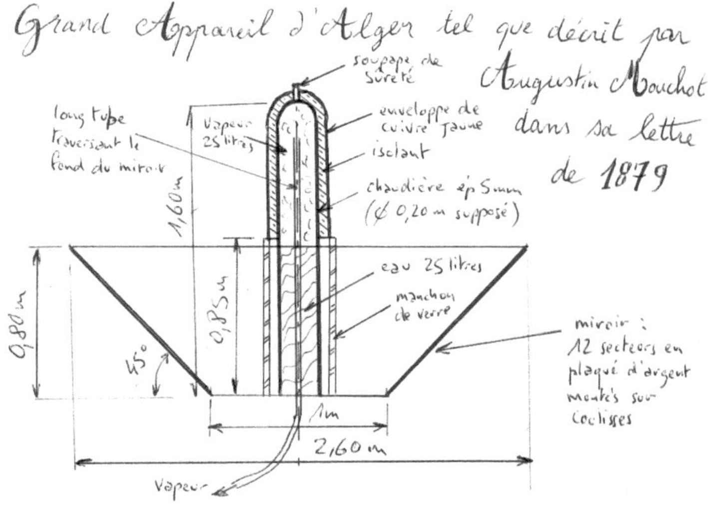

Grand Appareil d'Alger tel que décrit par Augustin Mouchot dans sa lettre de 1879
soupape de sûreté
long tube traversant le fond du miroir
Vapeur 25 litres
enveloppe de cuivre jaune
isolant
chaudière ép 5mm (⌀ 0,20 m supposé)
eau 25 litres
manchon de verre
miroir : 12 secteurs en plaqué d'argent montés sur coulisses
1,60 m
0,80 m
0,85 m
45°
1m
2,60 m
Vapeur